ONDINE

Né à Bellac (Hte-Vienne) en 1882, Jean Giraudoux fait ses études à Châteauroux et à Paris. Ancien élève de l'Ecole Normale Supérieure, diplômé d'allemand, il commence en 1910 une brillante carrière diplomatique.
Il débute en littérature avec Provinciales *(1909). Mais c'est* Siegfried et le Limousin *(1922), et la pièce tirée du roman, montée en 1928 par Louis Jouvet, qui le font connaître. Cet écrivain, qui compte parmi les plus représentatifs de l'époque, apporte dès lors au théâtre le sens de la légende et l'humour déjà sensible dans* Elpénor *(1920). On lui doit :* Amphitryon 38 *(1929),* Intermezzo *(1933),* La Guerre de Troie n'aura pas lieu *(1935),* Electre *(1937),* Ondine *(1939), etc.* La Folle de Chaillot *et* Pour Lucrèce *ont été créées après sa mort survenue le 31 janvier 1944.*

Chercher dans le monde ce qui « n'est pas usé, quotidien, éculé », trouver au bord d'un lac une fille appelée Ondine, deviner qu'elle est la gaieté, la tendresse, le sacrifice... et la saluer profondément, puis repartir en épouser une autre nommée Bertha, ne serait-ce pas idiot?
Celui qui tient ce discours, c'est le chevalier Hans von Wittenstein zu Wittenstein. Il errait dans la forêt en quête d'aventures. L'orage l'a contraint à se réfugier chez des pêcheurs. La fille de ses hôtes est entrée — et dans le cœur du chevalier l'image de sa fiancée Bertha s'est estompée.
Elle réapparaît le jour où Hans conduit à la cour sa jeune épouse : Ondine évolue mal dans le monde étriqué des humains où Bertha se montre parfaite. Mais Hans mourra s'il trompe Ondine, c'est la loi du peuple des eaux. Ainsi vient à son heure le dénouement tragique de cette pièce poétique où, brodant sur un thème emprunté au roman célèbre de l'écrivain allemand Frédéric de Lamotte-Fouqué, Jean Giraudoux met en scène la fragilité des amours humaines.

ŒUVRES DE JEAN GIRAUDOUX

PROVINCIALES.
L'ÉCOLE DES INDIFFÉRENTS.
SIMON LE PATHÉTIQUE, roman.
SIEGFRIED ET LE LIMOUSIN, roman.
BELLA, roman. ÉGLANTINE, roman.
COMBAT AVEC L'ANGE, roman.
LA FRANCE SENTIMENTALE.
SUZANNE ET LE PACIFIQUE, roman.
JULIETTE AU PAYS DES HOMMES.
LECTURES POUR UNE OMBRE.
AMICA AMERICA. ADORABLE CLIO. ELPÉNOR.
AVENTURES DE JÉRÔME BARDINI, roman.
TEXTES CHOISIS, réunis et présentés par René Lalou.
LES CINQ TENTATIONS DE LA FONTAINE.
CHOIX DES ÉLUES, roman.
LITTÉRATURE. VISITATIONS.
LA MENTEUSE.

Théâtre :

LA GUERRE DE TROIE N'AURA PAS LIEU, pièce en 2 actes.
ELECTRE, pièce en 2 actes.
SIEGFRIED, pièce en 4 actes.
AMPHITRYON 38, pièce en 3 actes.
INTERMEZZO, pièce en 3 actes.
FIN DE SIEGFRIED, pièce en 1 acte.
JUDITH, pièce en 3 actes.
SUPPLÉMENT AU VOYAGE DE COOK, pièce en 1 acte.
TESSA, pièce en 3 actes et 6 tableaux,
adaptation de *La Nymphe au cœur fidèle.*
L'IMPROMPTU DE PARIS, pièce en 1 acte.
ONDINE, pièce en 3 actes.
SODOME ET GOMORRHE, pièce en 2 actes.
LA FOLLE DE CHAILLOT, pièce en 2 actes.
L'APOLLON DE BELLAC, pièce en 1 acte.
POUR LUCRÈCE, pièce en 3 actes.
FIN DE SIEGFRIED, acte inédit.
CANTIQUE DES CANTIQUES, pièce en 1 acte.

Cinéma :

Le film de LA DUCHESSE DE LANGEAIS.
Le film de BÉTHANIE.

Dans Le Livre de Poche :

ÉLECTRE. BELLA. INTERMEZZO.
SIEGFRIED ET LE LIMOUSIN.
AVENTURES DE JÉRÔME BARDINI.
JULIETTE AU PAYS DES HOMMES.
LA GUERRE DE TROIE N'AURA PAS LIEU.
AMPHITRYON 38. LA FOLLE DE CHAILLOT.
PROVINCIALES. LA MENTEUSE.

JEAN GIRAUDOUX

Ondine

PIÈCE EN TROIS ACTES

D'APRÈS LE CONTE DE
FRÉDÉRIC DE LA MOTTE FOUQUÉ

BERNARD GRASSET

PERSONNAGES

ONDINE a été jouée pour la première fois le 27 avril 1939 au Théâtre de l'Athénée sous la direction de Louis Jouvet *et avec la distribution suivante :*

Ondine	Madeleine Ozeray.
Eugénie	Raymone.
Bertha	Jeanne Hardeyn.
La reine Yseult	Jeanne Reinhardt.
Salammbô	Odette Talazac.
Grete	Simone Bourday.
Vénus, la Fille de vaisselle, Violante	Guitty Flexer.
Les ondines et dames de la cour	Marthe Herlin. Wanda Malachowska. Micheline Buire. Jacqueline Ricard. Joele Ewan. Gilberte Prévost. Janine Vienot. Hélène Constant. Véra Pharès. Nicole Munie-Berny.

PERSONNAGES *(suite)*

Le chevalier	LOUIS JOUVET.
Le chambellan	FÉLIX OUDART.
Auguste	ROMAIN BOUQUET.
Le roi des ondins	AUGUSTE BOVERIO.
Le roi	ROBERT BOGAR.
Le premier juge	ALEXANDRE RIGNAULT.
Matho et le second juge ..	MAURICE CASTEL.
Le poète, le bourreau	JEAN PAREDES.
Le surintendant des Théâtres royaux, Ulrich	JEAN GOURNAC.
Bertram	MARCEL LUPOVICI.
Le gardeur de porcs, le montreur de phoques ..	HENRI SAINT-ISLES.
Les chevaliers	JACQUES THIÉRY. JULIEN BARROT. MICHEL VADET. ÉMILE VILLARD. MARC ANTHONY.

La musique de scène était de HENRI SAUGUET
Les décors de PAVEL TCHELITCHEW.
Les costumes de IRA BELLINE.

Ondine - Génie, déesse des eaux dans la mythologie nordique

ACTE PREMIER

Une cabane de pêcheurs. Orage au-dehors.

SCÈNE PREMIÈRE

LE VIEIL AUGUSTE. LA VIEILLE EUGÉNIE

AUGUSTE, à la fenêtre.

Que peut-elle bien faire encore au-dehors, dans ce noir!

EUGÉNIE

Pourquoi t'inquiéter? Elle voit dans la nuit.

AUGUSTE

Par cet orage!

EUGÉNIE

Comme si tu ne savais plus que la pluie ne la mouille pas!

AUGUSTE

Elle chante maintenant!... Tu crois que c'est elle qui chante? Je ne reconnais pas sa voix.

EUGÉNIE

Qui veux-tu que ce soit? Nous sommes à vingt lieues de toute maison.

AUGUSTE

La voix part tantôt du milieu du lac, tantôt du haut de la cascade.

EUGÉNIE

C'est qu'elle est tantôt au milieu du lac, tantôt au haut de la cascade.

AUGUSTE

Tu veux rire!... Tu t'amusais à sauter les ruisseaux en crue, à son âge?...

EUGÉNIE

J'ai essayé une fois. On m'a repêchée par les pieds. J'ai essayé juste une fois tout ce qu'elle fait mille fois par jour, sauter les gouffres, recevoir les cascades dans un bol... Ah! Je me la rappelle, la fois où j'ai essayé de marcher sur l'eau!

AUGUSTE

Nous sommes trop faibles avec elle, Eugénie. Une fille de quinze ans ne doit pas courir les forêts, à pareille heure. Je vais parler sérieusement. Elle ne veut repriser son linge qu'au faîte des rochers, réciter ses prières que la tête sous l'eau... Où en serions-nous aujourd'hui, si tu avais eu cette éducation!

EUGÉNIE

Est-ce qu'elle ne m'aide pas dans le ménage?

AUGUSTE

Il y a beaucoup à dire là-dessus...

EUGÉNIE

Que prétends-tu encore? Elle ne lave pas les assiettes? Elle ne cire pas les souliers?

AUGUSTE

Justement. Je n'en sais rien.

EUGÉNIE

Elle n'est pas propre, cette assiette?

AUGUSTE

Ce n'est pas la question. Je te dis que je ne l'ai jamais vue ni laver ni cirer... Toi non plus...

EUGÉNIE

Elle préfère travailler dehors...

AUGUSTE

Oui, oui! Mais qu'il y ait trois assiettes ou douze, un soulier ou trois paires, cela dure le même temps. Une minute à peine, et elle revient. Le torchon n'a pas servi, le cirage est intact. Mais tout est net, mais tout brille... Cette histoire des assiettes d'or, l'as-tu tirée au clair? Et jamais ses mains ne sont sales... Tu sais ce qu'elle a fait, aujourd'hui?

EUGÉNIE

Y a-t-il eu un jour, depuis quinze ans, où elle ait fait ce qu'on attendait?

AUGUSTE

Elle a levé la grille du vivier. Les truites que je rassemblais depuis le printemps sont parties... J'ai juste pu rattraper celle du dîner. *(La fenêtre s'est ouverte brusquement.)*... Qu'est-ce que c'est encore!

EUGÉNIE

Tu le vois bien. C'est le vent.

AUGUSTE

Je te dis que c'est elle!... Pourvu qu'elle ne nous donne pas encore sa comédie, avec ces têtes qu'elle montre dans la fenêtre les soirs d'orage... Celle du vieillard blanc me fait froid dans le dos.

EUGÉNIE

Moi j'aime bien celle de la femme, avec ses perles... Ferme la fenêtre, en tout cas, si tu as peur!

Une tête de vieillard couronnée, à barbe ruisselante, est apparue dans l'encadrement, à la lueur d'un éclair.

LA TÊTE

Trop tard, Auguste!...

AUGUSTE

Tu vas voir si c'est trop tard, Ondine!

Il ferme la fenêtre. Elle s'ouvre à nouveau brusquement. Une charmante tête de naïade apparaît, éclairée.

LA TÊTE DE NAÏADE

Bonsoir, chère Eugénie!

Elle s'éteint.

EUGÉNIE

Ondine, ton père n'est pas content! Rentre!...

AUGUSTE

Tu vas rentrer, Ondine! Je compte trois. Si à trois tu n'as pas obéi, je tire le verrou... Tu couches dehors.

Coup de tonnerre.

EUGÉNIE

Tu plaisantes!

AUGUSTE

Tu vas voir si je plaisante!... Ondine, une!

Coup de tonnerre.

EUGÉNIE

C'est assommant, ces coups de tonnerre à la fin de tes phrases!

AUGUSTE

Est-ce que c'est ma faute!

EUGÉNIE

Dépêche-toi, avant qu'il retonne... Tout le monde sait que tu sais compter jusqu'à trois!

AUGUSTE

Ondine, deux!

Coup de tonnerre.

EUGÉNIE

Tu es insupportable!

AUGUSTE

Ondine, trois!

Pas de coup de tonnerre.

EUGÉNIE, dans l'attente du coup de tonnerre.

Finis, finis, mon pauvre Auguste!

AUGUSTE

Moi, j'ai fini! *(Il tire le verrou.)* Voilà!... Nous voilà en paix pour le dîner.

La porte s'ouvre toute grande. Auguste et Eugénie se retournent au fracas. Un chevalier en armure est sur le seuil.

SCÈNE DEUXIÈME

LE CHEVALIER. AUGUSTE. EUGÉNIE

LE CHEVALIER, cognant les talons.

Ritter Hans von Wittenstein zu Wittenstein.

AUGUSTE

On m'appelle Auguste.

LE CHEVALIER

Je me suis permis de mettre mon cheval dans votre grange. Le cheval, comme chacun sait, est la part la plus importante du chevalier.

AUGUSTE

Je vais le bouchonner, seigneur.

LE CHEVALIER

C'est fait. Merci. Je le bouchonne moi-même, à l'ardennaise. Ici vous les bouchonnez à la souabe. Vous prenez le crin à contresens. Il devient terne. Surtout chez les rouans... Je peux m'asseoir?

AUGUSTE

Vous êtes chez vous, seigneur.

LE CHEVALIER

Quel orage! Depuis midi, l'eau me ruisselle dans le cou. Elle ressort par les gouttières à égoutter le sang. Mais le mal est fait... C'est ce que nous craignons le plus en armure, nous autres, chevaliers... La pluie... La pluie, et une puce.

AUGUSTE

Peut-être pourriez-vous l'enlever, seigneur, si vous passez ici la nuit.

LE CHEVALIER

Tu as vu les écrevisses changer de carapace, mon cher Auguste? C'est aussi compliqué! Je me repose d'abord... Tu m'as dit qu'on t'appelle Auguste, n'est-ce pas?

AUGUSTE

Et ma femme Eugénie.

EUGÉNIE

Excusez-nous. Ce ne sont pas des noms pour chevaliers errants.

LE CHEVALIER

Tu ne saurais imaginer la joie pour un chevalier errant, brave femme, qui a cherché vainement tout un mois dans la forêt Pharamond et Osmonde, de tomber, au moment du dîner, sur Auguste et Eugénie.

EUGÉNIE

En effet, seigneur! Il n'est pas séant de poser des questions à son hôte, mais peut-être me pardonnerez-vous celle-ci : avez-vous faim?

LE CHEVALIER

J'ai faim. J'ai très faim. Je partagerai volontiers votre repas.

EUGÉNIE

Nous ne souperons pas, seigneur. Mais j'ai là une truite. Peut-être la mangeriez-vous...

LE CHEVALIER

Cela va sans dire. J'adore la truite.

EUGÉNIE

Vous la voulez frite, ou grillée?

LE CHEVALIER

Moi? Je la veux au bleu...

Effroi d'Auguste et d'Eugénie.

EUGÉNIE

Au bleu? Je les réussis surtout meunière, avec du beurre blanc...

LE CHEVALIER

Vous me demandez mon avis. Je n'aime la truite qu'au bleu.

AUGUSTE

Au gratin, Eugénie fait des merveilles.

LE CHEVALIER

Voyons! C'est bien au bleu qu'on les jette vivantes dans le court bouillon?

AUGUSTE

Justement, seigneur.

LE CHEVALIER

Et qu'elles gardent leur saveur, leur chair, parce que l'eau bouillante les a surprises?

AUGUSTE

Surprises est le mot, seigneur.

LE CHEVALIER

Alors, il n'y a aucun doute. Je la veux au bleu.

AUGUSTE

Va, Eugénie. Fais-la au bleu...

EUGÉNIE, de la porte.

Farcies au maigre, c'est très bon aussi...

AUGUSTE

Va...

Eugénie va dans la cuisine. Le chevalier s'est installé à son aise.

LE CHEVALIER

Je vois qu'on aime les chevaliers errants, dans ces parages?

AUGUSTE

Nous les aimons mieux que les armées. Un chevalier errant, c'est signe que la guerre est finie.

LE CHEVALIER

Moi, j'aime bien la guerre. Je ne suis pas méchant. Je ne veux de mal à personne. Mais j'aime bien la guerre.

AUGUSTE

Chacun son goût, seigneur.

LE CHEVALIER

Moi j'aime parler. Je suis bavard de nature. A la guerre vous avez toujours quelqu'un avec qui faire la conversation. Si les vôtres sont de mauvaise humeur, vous faites un prisonnier, un aumônier, ce sont les plus bavards. Vous ramassez un ennemi blessé, ils vous racontent leurs histoires. Tandis que comme chevalier errant, si j'excepte l'écho, je ne vois pas bien avec qui j'ai pu échanger un mot depuis un mois que je m'acharne à traverser cette forêt... Pas une âme... Et Dieu sait ce que j'ai à dire!...

AUGUSTE

On assure que le langage des animaux est perceptible aux chevaliers errants, seigneur?

LE CHEVALIER, bafouillant légèrement.

Pas dans le sens où tu l'entends... Evidemment, ils nous parlent. Chaque animal sauvage étant pour le chevalier un symbole, son rugissement ou son appel devient une phrase symbolique qui s'inscrit en lettres de feu sur notre esprit. Ils écrivent, si tu veux, les animaux, plutôt qu'ils ne parlent. Mais ça n'est pas varié. Chaque espèce ne vous dit qu'une phrase, et de loin, et parfois avec un accent terrible... Le cerf, sur la pureté, le sanglier sur le dédain des biens de la terre... Et c'est d'ailleurs toujours le vieux mâle qui vous parle. Il y a derrière lui de petites faonnes ravissantes, des amours de petites laies... Non, c'est toujours le dix cors ou le solitaire qui vous sermonne.

AUGUSTE

Il y a les oiseaux?

LE CHEVALIER

Les oiseaux ne vous répondent pas. J'ai été bien déçu avec les oiseaux. Ils récitent au chevalier la même litanie : sur les méfaits du mensonge. J'essaie de les intéresser. Je leur demande comment ils vont, si l'année est bonne pour la mue ou la ponte, si c'est fatigant de couver. Rien à faire. Ils ne daignent.

AUGUSTE

Cela m'étonne de l'alouette, seigneur... L'alouette doit aimer se confier.

LE CHEVALIER

Le hausse-col du chevalier lui interdit de parler aux alouettes.

AUGUSTE

Mais alors, qui a bien pu vous pousser dans cette région, d'où si peu sont revenus?...

LE CHEVALIER

Qui veux-tu que ce soit : une femme!

AUGUSTE

Je ne vous questionnerai pas, seigneur.

LE CHEVALIER

Ah par exemple si! Tu vas me questionner, et sur-le-champ! Voilà trente jours que je n'ai parlé d'elle, Auguste! Tu ne penses pas que je vais laisser passer l'occasion, puisque je rencontre deux êtres humains, de parler enfin d'elle!... Questionne! Demande-moi son nom, et vite...

AUGUSTE

Seigneur...

LE CHEVALIER

Demande-le si tu désires vraiment le savoir!

AUGUSTE

Quel est son nom?

LE CHEVALIER

Elle s'appelle Bertha, pêcheur! Quel beau nom!

AUGUSTE

Magnifique, en toute franchise!

LE CHEVALIER

Les autres s'appellent Angélique, Diane, Violante! Tout le monde peut s'appeler Angélique, Diane, Violante. Mais elle seule mérite ce nom grave, frémissant, ému... Et tu veux sans doute savoir si elle est belle, Eugénie?

EUGÉNIE, qui entre.

Si elle est belle?

AUGUSTE

On te parle de Bertha, de la comtesse Bertha, ma pauvre femme!

EUGÉNIE

Ah oui! Est-elle belle?

LE CHEVALIER

Eugénie, notre roi me désigne pour acheter ses chevaux. C'est te dire que je reste maquignon, même avec les femmes. Aucune tare ne m'échappe

L'Angélique en question a l'ongle du pouce droit cannelé. Violante a une paillette d'or dans l'œil. Tout en Bertha est parfait.

EUGÉNIE

Vous nous en voyez tout heureux.

AUGUSTE

Cela doit être joli, une paillette d'or dans l'œil?

EUGÉNIE

De quoi te mêles-tu, Auguste!...

LE CHEVALIER

Une paillette? Ne crois pas cela, cher hôte. Un jour, deux jours, elle t'amusera, ta paillette. Tu t'amuseras à pencher le visage de ta Violante sous la lune, tu l'embrasseras près des flambeaux... Le troisième, tu la haïras, tu préféreras un moucheron dans l'œil de ta dame!

AUGUSTE

C'est comment? Comme un grain de mica?

EUGÉNIE

Tu nous portes sur les nerfs, avec tes paillettes! Laisse parler le chevalier!

LE CHEVALIER

C'est vrai, mon brave Auguste! Pourquoi cette partialité pour ta Violante! Violante, si elle nous suit à la chasse, couronne la jument blanche. C'est joli, une jument blanche couronnée, surtout quand on a poudré la blessure au charbon! Violante, si elle porte un candélabre à la reine, trouve le moyen de glisser et de s'étaler sur les dalles. Violante, quand le vieux duc lui prend la main et lui conte une histoire gaie, se met à pleurer...

AUGUSTE

Violante? A pleurer?

LE CHEVALIER

Tel que je te connais, vieil Auguste, tu vas me demander ce que cela devient dans l'œil, ces paillettes, quand on pleure?

EUGÉNIE

Il y pensait sûrement, seigneur. Il est entêté comme la lune.

LE CHEVALIER

Il y pensera jusqu'au jour où il verra Bertha... Car vous viendrez aux noces, vous, chers hôtes! Je vous invite! Bertha n'avait mis de condition au mariage que mon retour de cette forêt. Si j'en reviens, c'est grâce à vous... Et tu verras ta Violante, pêcheur, avec sa grande bouche, ses oreilles minuscules, son petit nez à la grecque, toute châtain, ce qu'elle est à côté de ce grand ange noir!... Et maintenant, chère Eugénie, va me chercher ma truite au bleu... Elle va trop cuire!

La porte s'ouvre. Ondine paraît.

SCÈNE TROISIÈME

LES MÊMES. ONDINE

ONDINE, de la porte, où elle est restée immobile

Comme vous êtes beau!

AUGUSTE

Que dis-tu, petite effrontée?

ONDINE

Je dis : comme il est beau!

AUGUSTE

C'est notre fille, seigneur. Elle n'a pas d'usage

ONDINE

Je dis que je suis bien heureuse de savoir que les hommes sont aussi beaux... Mon cœur n'en bat plus!...

AUGUSTE

Vas-tu te taire!

ONDINE

J'en frissonne!

AUGUSTE

Elle a quinze ans, chevalier. Excusez-la...

ONDINE

Je savais bien qu'il devait y avoir une raison

pour être fille. La raison est que les hommes sont aussi beaux...

AUGUSTE

Tu ennuies notre hôte...

ONDINE

Je ne l'ennuie pas du tout... Je lui plais... Vois comme il me regarde... Comment t'appelles-tu?

AUGUSTE

On ne tutoie pas un seigneur, pauvre enfant!

ONDINE, qui s'est approchée.

Qu'il est beau! Regarde cette oreille, père, c'est un coquillage! Tu penses que je vais lui dire vous, à cette oreille?... A qui appartiens-tu, petite oreille?... Comment s'appelle-t-il?

LE CHEVALIER

Il s'appelle Hans...

ONDINE

J'aurais dû m'en douter. Quand on est heureux et qu'on ouvre la bouche, on dit Hans...

LE CHEVALIER

Hans von Wittenstein...

ONDINE

Quand il y a de la rosée, le matin, et qu'on est oppressée, et qu'une buée sort de vous, malgré soi on dit Hans...

LE CHEVALIER

Von Wittenstein zu Wittenstein...

ONDINE

Quel joli nom! Que c'est joli, l'écho dans un nom!... Pourquoi es-tu ici?... Pour me prendre?..

AUGUSTE

C'en est assez... Va dans ta chambre...

ONDINE

Prends-moi!... Emporte-moi!

Eugénie revient avec son plat.

EUGÉNIE

Voici votre truite au bleu, Seigneur. Mangez-la Cela vous vaudra mieux que d'écouter notre folle..

ONDINE

Sa truite au bleu!

LE CHEVALIER

Elle est magnifique!

ONDINE

Tu as osé faire une truite au bleu, mère!...

EUGÉNIE

Tais-toi. En tout cas, elle est cuite...

ONDINE

O ma truite chérie, toi qui depuis ta naissance nageais vers l'eau froide!

AUGUSTE

Tu ne vas pas pleurer pour une truite!

ONDINE

Ils se disent mes parents... Et ils t'ont prise... Et ils t'ont jetée vive dans l'eau qui bout!

LE CHEVALIER

C'est moi qui l'ai demandé, petite fille.

ONDINE

Vous?... J'aurais dû m'en douter... A vous regarder de près tout se devine... Vous êtes une bête, n'est-ce pas?

EUGÉNIE

Excusez-nous, seigneur!

ONDINE

Vous ne comprenez rien à rien, n'est-ce pas? C'est cela la chevalerie, c'est cela le courage!... Vous cherchez des géants qui n'existent point, et si un petit être vivant saute dans l'eau claire, vous le faites cuire au bleu!

LE CHEVALIER

Et je le mange, mon enfant! Et je le trouve succulent!

ONDINE

Vous allez voir comme il est succulent... *(elle jette la truite par la fenêtre)*... Mangez-le maintenant... Adieu...

EUGÉNIE

Où t'en vas-tu encore, petite!

ONDINE

Il y a là, dehors, quelqu'un qui déteste les hommes et veut me dire ce qu'il sait d'eux... Toujours j'ai bouché mes oreilles, j'avais mon idée... C'est fini, je l'écoute...

EUGÉNIE

Elle va ressortir, à cette heure!

ONDINE

Dans une minute, je saurai tout, je saurai ce qu'ils sont, tout ce qu'ils sont, tout ce qu'ils peuvent faire. Tant pis pour vous...

AUGUSTE

Faut-il te retenir de force?

Elle l'évite d'un bond.

ONDINE

Je sais déjà qu'ils mentent, que ceux qui sont beaux sont laids, ceux qui sont courageux sont lâches... Je sais que je les déteste!

LE CHEVALIER

Eux t'aimeront, petite...

ONDINE, sans se retourner, mais s'arrêtant.

Qu'a-t-il dit?

LE CHEVALIER

Rien... Je n'ai rien dit.

ONDINE, de la porte.

Répétez, pour voir!

LE CHEVALIER

Eux t'aiment, petite.

ONDINE

Moi, je les hais.

Elle disparaît dans la nuit

SCÈNE QUATRIÈME

LE CHEVALIER. AUGUSTE. EUGÉNIE

LE CHEVALIER

Félicitations. Vous l'élevez bien...

AUGUSTE

Dieu sait pourtant que nous la réprimandons à chaque faute.

LE CHEVALIER

Il faut la battre.

EUGÉNIE

Allez l'attraper!

LE CHEVALIER

L'enfermer, la priver de dessert.

AUGUSTE

Elle ne mange rien.

LE CHEVALIER

Elle a bien de la chance. Je meurs de faim. Refaites-moi une truite au bleu. Rien que pour la punir.

AUGUSTE

C'était la dernière, Seigneur... Mais nous avons fumé un jambon. Eugénie va vous en couper quelques tranches...

LE CHEVALIER

Elle vous permet de tuer les cochons? C'est heureux!

Eugénie sort.

AUGUSTE

Elle vous a mécontenté, chevalier! J'en suis navré.

LE CHEVALIER

Elle m'a mécontenté parce que je suis une bête, comme elle le dit. Au fond, nous autres hommes sommes tous les mêmes, mon vieux pêcheur. Vaniteux comme des pintades. Quand elle me disait que j'étais beau, je sais que je ne suis pas beau, mais elle me plaisait. Et elle m'a déplu quand elle m'a dit que j'étais lâche, et je sais que je ne suis pas lâche...

AUGUSTE

Vous êtes bien bon de le prendre ainsi...

LE CHEVALIER

Oh! Je ne le prends pas bien... Je suis furieux. Je suis toujours furieux contre moi, quand les autres ont tort!

EUGÉNIE

Je ne trouve pas le jambon, Auguste!

Auguste la rejoint.

SCÈNE CINQUIÈME

LE CHEVALIER. ONDINE

Ondine est venue doucement jusqu'à la table derrière le chevalier qui tend les mains au feu et d'abord ne se retourne pas.

ONDINE

Moi, on m'appelle Ondine.

LE CHEVALIER

C'est un joli nom.

ONDINE

Hans et Ondine... C'est ce qu'il y a de plus joli comme noms au monde, n'est-ce pas?

LE CHEVALIER

Ou Ondine et Hans.

ONDINE

Oh non! Hans d'abord. C'est le garçon. Il passe le premier. Il commande... Ondine est la fille... Elle est un pas en arrière... Elle se tait.

LE CHEVALIER

Elle se tait! Comment diable s'y prend-elle!

ONDINE

Hans la précède partout d'un pas... Aux cérémonies... Chez le roi... Dans la vieillesse. Hans meurt le premier... C'est horrible... Mais Ondine le rattrape vite... Elle se tue...

LE CHEVALIER

Que racontes-tu là!

ONDINE

Il y a un petit moment affreux à passer. La minute qui suit la mort de Hans... Mais ça n'est pas long...

LE CHEVALIER

Heureusement, cela n'engage rien de parler de la mort, à ton âge...

ONDINE

A mon âge?... Tuez-vous, pour voir. Vous verrez si je ne me tue pas...

LE CHEVALIER

Jamais je n'ai eu moins envie de me tuer...

ONDINE

Dites-moi que vous ne m'aimez pas! Vous verrez si je ne me tue pas...

LE CHEVALIER

Tu m'ignorais voilà un quart d'heure, et tu veux mourir pour moi? Je nous croyais brouillés, à cause de la truite?

ONDINE

Oh! tant pis pour la truite! C'est un peu bête, les truites. Elle n'avait qu'à éviter les hommes, si elle ne voulait pas être prise. Moi aussi je suis bête. Moi aussi je suis prise...

LE CHEVALIER

Malgré ce que ton ami inconnu, là, au-dehors, t'a dit des hommes?

ONDINE

Il m'a dit des bêtises.

LE CHEVALIER

Je vois. Tu faisais les demandes et les réponses...

ONDINE

Ne plaisantez pas... Il n'est pas loin... Il est terrible...

LE CHEVALIER

Tu ne me feras pas croire que tu as peur de quelqu'un, ou de quelque chose?

ONDINE

Oui, j'ai peur que vous ne m'abandonniez... Il m'a dit que vous m'abandonneriez. Mais il m'a dit aussi que vous n'êtes pas beau... Puisqu'il s'est trompé pour ceci, il peut se tromper pour cela.

LE CHEVALIER

Toi, tu es comment? Belle ou laide?

ONDINE

Cela dépendra de vous, de ce que vous ferez de moi. Je préférerais être belle. Je préférerais que vous m'aimiez... Je préférerais être la plus belle...

LE CHEVALIER

Tu es une petite menteuse... Tu n'en étais que plus jolie, tout à l'heure, quand tu me haïssais... C'est tout ce qu'il t'a dit?

ONDINE

Il m'a dit aussi que si je vous embrassais, j'étais perdue... Il a eu tort... Je ne pensais pas à vous embrasser.

LE CHEVALIER

Maintenant, tu y penses?

ONDINE

J'y pense éperdument.

LE CHEVALIER

Penses-y de loin.

ONDINE

Oh! vous ne perdez rien. Vous serez embrassé dès ce soir... Mais il est si doux d'attendre... Nous nous rappellerons cette heure-là, plus tard... C'est l'heure où vous ne m'avez pas embrassée...

LE CHEVALIER

Ma petite Ondine...

ONDINE

C'est l'heure aussi où vous ne m'avez pas dit que vous m'aimiez... N'attendez plus... Dites-le-moi... Je suis là, les mains tremblantes... Dites-le-moi.

LE CHEVALIER

Tu penses que cela se dit comme cela, qu'on s'aime?...

ONDINE

Parlez! Commandez! Ce que c'est lent, un homme! Je ne demande pas mieux que de me mettre comme il faut être!... Sur vos genoux, n'est-ce pas!

LE CHEVALIER

Prendre une fille sur mes genoux, avec mon armure? Je mets dix minutes rien que pour dévisser les épaules.

ONDINE

Moi, j'ai un moyen pour défaire les armures.

L'armure s'est défaite d'un coup. Ondine s'est précipitée sur les genoux de Hans.

LE CHEVALIER

Tu es folle! Et mes bras? Tu crois qu'ils s'ouvrent à la première venue?

ONDINE

Moi, j'ai un moyen pour faire ouvrir les bras...

Le chevalier soudain conquis ouvre ses bras.

ONDINE

Et pour les refermer.

Il referme ses bras. Une voix de femme s'élève au-dehors.

LA VOIX

Ondine!

ONDINE, tournée vers la fenêtre, furieuse.

Tu vas te taire, toi! Qui est-ce qui te parle!...

LA VOIX

Ondine!

ONDINE

Est-ce que je me mêle de tes affaires? Est-ce que tu m'as consultée, toi, pour ton mariage!

LA VOIX

Ondine!

ONDINE

Il est beau, pourtant, ton mari! le phoque, avec ses trous de nez sans nez! Un collier de perles, et il t'a eue!... De perles pas même assorties.

LE CHEVALIER

A qui parles-tu, Ondine?

ONDINE

A des voisines.

LE CHEVALIER

Je croyais votre maison isolée.

ONDINE

Il y a des envieuses partout. Elles sont jalouses de moi...

UNE AUTRE VOIX

Ondine!

ONDINE

Et toi! Parce qu'un souffleur a fait le jet d'eau devant toi, tu t'es jetée dans ses nageoires!

LE CHEVALIER

Les voix sont charmantes.

ONDINE

Mon nom est charmant, pas leur voix!... Embrasse-moi, Hans, pour me brouiller avec elles à jamais... Tu n'as pas le choix d'ailleurs!...

UNE VOIX D'HOMME

Ondine!

ONDINE

Trop tard. Va-t'en!

LE CHEVALIER

C'est l'ami dont tu parlais, celui-là?

ONDINE, *criant.*

Je suis sur ses genoux! Il m'aime!

LA VOIX D'HOMME

Ondine!

ONDINE

Je ne t'entends plus. On ne t'entend plus d'ici... Et d'ailleurs, c'est trop tard... Tout est fait. Je suis sa maîtresse, oui, sa maîtresse! Tu ne comprends pas? C'est un mot qu'ils ont pour appeler leur femme.

Bruit à la porte de la cuisine.

LE CHEVALIER, *poussant doucement Ondine à terre.*

Voici tes parents, Ondine.

ONDINE

Ah! tu le connais? C'est dommage. Je ne croyais point te l'avoir appris!

LE CHEVALIER

Quoi, petite femme?

ONDINE

Le moyen d'ouvrir tes bras...

SCÈNE SIXIÈME

ONDINE. LE CHEVALIER. LES PARENTS

EUGÉNIE

Excusez-nous! Nous avions perdu le jambon!

ONDINE

Je l'avais caché pour rester seule avec Hans...

AUGUSTE

Tu n'as pas honte!

ONDINE

Non! Je n'ai pas perdu mon temps. Il m'épouse, chers parents! Le chevalier Hans m'épouse!

AUGUSTE

Aide ta mère, au lieu de dire des bêtises.

ONDINE

C'est cela. Donne-moi la nappe, mère. C'est moi qui sers Hans. De cette minute je suis la servante de mon seigneur Hans.

AUGUSTE

J'ai monté une bouteille de la cave, chevalier. Si vous le permettez nous boirons avec vous tout à l'heure.

ONDINE

Un miroir, seigneur Hans, pour arranger vos cheveux avant le repas?...

EUGÉNIE

Où as-tu pris ce miroir d'or, Ondine?

ONDINE

De l'eau sur vos mains, majesté Hans?

LE CHEVALIER

Quelle superbe aiguière! Le roi n'a pas la même...

AUGUSTE

C'est la première fois que nous la voyons...

ONDINE

Il va falloir que vous m'appreniez tout mon service, mon seigneur Hans... Il faut que du lever au coucher, je sois votre servante modèle.

LE CHEVALIER

Du lever au coucher, petite Ondine! Me réveiller sera le plus difficile. J'ai le sommeil dur...

ONDINE, assise près du chevalier et collée à lui.

Quelle chance! Dites-moi comment on vous tire les cheveux pour vous sortir du sommeil, comment on vous ouvre les yeux, avec les mains pendant que votre tête se débat, comment on vous écarte les dents de force, pour vous embrasser et vous donner le souffle!

EUGÉNIE

Les assiettes, Ondine!

ONDINE

O mère, mets le couvert. Le seigneur Hans m'apprend comment on le réveille... Répétons, seigneur Hans! Faites comme si vous dormiez...

LE CHEVALIER

Avec cette bonne odeur de cuisine, impossible!

ONDINE

Réveille-toi, mon petit Hans... L'aube est là! Reçois ce baiser dans ta nuit, et ce baiser dans ton aurore...

AUGUSTE

Ne lui en veuillez pas de ces enfantillages, seigneur...

EUGÉNIE

Elle est jeune. Elle s'attache...

LE CHEVALIER

Voilà ce que j'appelle du jambon!

AUGUSTE

Il est fumé au genièvre, chevalier.

ONDINE

J'ai bien tort de te réveiller! Pourquoi réveiller celui que l'on aime? Dans son sommeil tout le pousse vers vous! Dès que ses yeux sont ouverts, il vous échappe! Dormez, dormez, mon seigneur Hans...

LE CHEVALIER

Je veux bien. Une tranche encore.

ONDINE

Que je suis maladroite! Je t'endors au lieu de te réveiller... Et le soir, comme je me connais, je te réveillerai au lieu de t'endormir.

EUGÉNIE

Ah oui! Tu feras une belle ménagère!

AUGUSTE

Un peu de silence, Ondine, je voudrais dire un mot.

ONDINE

Sûrement je ferai une belle ménagère! Tu te crois une belle ménagère parce que tu sais rôtir du porc! Ce n'est pas ça d'être ménagère!

HANS

Ah oui? Qu'est-ce que c'est?

ONDINE

C'est d'être tout ce qu'aime mon seigneur Hans, tout ce qu'il est. D'être ce qu'il a de plus beau et ce qu'il a de plus humble. Je serai tes souliers, mon mari, je serai ton souffle. Je serai le pommeau de ta selle. Je serai ce que tu pleures, ce que tu rêves... Ce que tu manges là, c'est moi...

LE CHEVALIER

C'est salé à point. C'est excellent...

ONDINE

Mange-moi! Achève-moi!

EUGÉNIE

Ton père parle, Ondine!

AUGUSTE, levant son verre.

Seigneur, puisque vous nous faites l'honneur de passer dans notre maison une nuit...

ONDINE

Dix mille nuits... Cent mille nuits...

AUGUSTE

Permettez-moi de vous souhaiter le plus grand triomphe qu'ait eu jamais chevalier, et de boire à celle que vous aimez...

ONDINE

Que tu es gentil, père!...

AUGUSTE

A celle qui vous attend dans les transes...

ONDINE

Elle ne l'attend plus... Finies les transes...

AUGUSTE

Et qui porte ce nom que vous avez proclamé le plus beau entre tous les noms, quoique j'aime bien celui de Violante, mais pour Violante, je suis un peu partial à cause...

EUGÉNIE

Oui, oui, nous savons, passe...

AUGUSTE

A la plus belle, à la plus digne, à l'ange noir, comme vous l'appelez, à Bertha, votre dame!

ONDINE, qui s'est levée.

Que dis-tu?

AUGUSTE

Je dis ce que le chevalier lui-même m'a dit!

ONDINE

Tu mens! Il ment! Je m'appelle Bertha maintenant!

EUGÉNIE

Il ne s'agit pas de toi, chérie!

AUGUSTE

Le chevalier est fiancé à la comtesse Bertha. Il va l'épouser au retour. N'est-ce pas, chevalier? Tout le monde le sait...

ONDINE

Tout le monde ment.

LE CHEVALIER

Ma petite Ondine...

ONDINE

Tiens, il sort de son jambon, celui-là! Y a-t-il une Bertha, oui ou non?

LE CHEVALIER

Laisse-moi t'expliquer!

ONDINE

Y a-t-il une Bertha, oui ou non?

LE CHEVALIER

Oui. Il y a une Bertha. Il y avait une Bertha.

ONDINE

Ainsi, c'est vrai ce que l'autre m'a dit des hommes! Ils vous attirent par mille pièges, sur leurs genoux, ils vous embrassent à vous écraser la bouche, ils passent sur vous leurs mains partout où ils rencontrent votre peau, et cependant ils pensent à une femme noire nommée Bertha...

LE CHEVALIER

Je n'ai rien fait de tout cela, Ondine!

ONDINE, mordant son bras.

Tu l'as fait! J'en suis encore meurtrie... Regardez cette morsure à mon bras, mes parents, c'est lui qui l'a faite!

LE CHEVALIER

Vous n'en croyez rien, braves gens?

ONDINE

Je serai ce que tu as de plus humble et de plus beau, disait-il. Je serai tes pieds nus. Je serai ce que tu bois. Je serai ce que tu manges... Ce sont ses propres paroles, mère! Et ce qu'il fallait faire pour lui! Passer la journée jusqu'à minuit à l'éveiller, mourir pour lui dans la minute qui suivra sa mort!... Me l'as-tu demandé, oui ou non! Et pendant ce temps, ils ont dans le cœur l'image d'une espèce de démon en cirage qu'ils appellent leur ange noir...

LE CHEVALIER

Chère Ondine!

ONDINE

Tu es ce que je méprise, tu es ce que je crache!

LE CHEVALIER

Ecoute-moi...

ONDINE

Je le vois d'ici, l'ange noir, avec son ombre de moustache. Je le vois tout nu, l'ange noir, avec ses franges en poil. Ce genre d'ange noir a une queue frisée au creux des reins. C'est bien connu.

LE CHEVALIER

Pardonne-moi, Ondine...

ONDINE

Ne m'approche pas... Je me jette dans le lac.

Elle a ouvert la porte. Il pleut affreusement.

LE CHEVALIER s'est levé.

Je crois qu'il n'y a plus de Bertha, Ondine!

ONDINE

C'est cela! Trahis les Bertha, elles aussi!... Mes pauvres parents rougissent de ta conduite.

AUGUSTE

N'en croyez rien, seigneur!...

ONDINE

Quitte cette maison dans la seconde, ou jamais je n'y reviendrai... (*Elle s'est retournée.*) Qu'as-tu osé dire tout à l'heure?...

LE CHEVALIER

Je crois qu'il n'y a plus de Bertha, Ondine!

ONDINE

Tu mens. Adieu!

Elle disparaît.

LE CHEVALIER

Ondine!

Il court à la recherche d'Ondine.

AUGUSTE

J'ai fait du propre.

EUGÉNIE

Oui... Tu as fait du propre.

AUGUSTE

Je ferais sûrement mieux de lui dire tout.

EUGÉNIE

Oui. Tu ferais sûrement mieux de lui dire tout.

Le chevalier rentre, ruisselant.

SCÈNE SEPTIÈME

LE CHEVALIER. AUGUSTE. EUGÉNIE

LE CHEVALIER

Elle n'est pas votre fille, n'est-ce pas?

EUGÉNIE

Non, seigneur.

AUGUSTE

Nous avions une fille. A six mois, elle nous fut enlevée.

LE CHEVALIER

Qui vous a confié Ondine? Où habite celui qui vous l'a confiée?

AUGUSTE

Nous l'avons trouvée au bord du lac. Personne ne l'a réclamée.

LE CHEVALIER

C'est à vous, en somme, qu'il faudra demander sa main?

EUGÉNIE

Elle nous appelle ses parents, seigneur.

LE CHEVALIER

Je vous demande la main d'Ondine, mes amis!

AUGUSTE

Seigneur, êtes-vous de bon sens!

LE CHEVALIER

De bon sens? Tu ne vas pas prétendre que ton petit vin m'a tourné la tête!

AUGUSTE

Oh non! C'est un petit Moselle bien loyal.

LE CHEVALIER

Jamais je n'ai été de meilleur sens. Jamais je n'ai mieux su ce que je disais. Je te demande la main d'Ondine en pensant à la main d'Ondine. Je veux tenir cette main. Je veux que cette main me mène aux noces, au combat, à la mort...

AUGUSTE

On ne peut avoir deux fiancées, seigneur... Cela fait beaucoup trop de mains...

LE CHEVALIER

Quelle est la première fiancée, Bertha, peut-être?

AUGUSTE

Nous le tenons de vous.

LE CHEVALIER

Tu la connais, Bertha, pour prendre ainsi sa cause? Moi, je la connais. Je la connais depuis que j'ai vu Ondine.

AUGUSTE

Par vous nous savons qu'elle est parfaite.

LE CHEVALIER

Oui, à part cette mousse à la commissure des lèvres, à part son rire strident, elle est parfaite.

AUGUSTE

Je croyais que la loi des chevaliers errants était d'abord d'être fidèle...

LE CHEVALIER

Fidèle à l'aventure, oui. Je serai même le premier à l'être, car nous avons été vraiment naïfs jusqu'à ce jour, nous chevaliers errants. Nous découvrions des palais et nous revenions habiter nos manoirs. Nous délivrions Andromède et cela nous valait le droit à une retraite à soixante ans. Nous ravissions le trésor des géants et cela nous donnait la dispense du maigre les vendredis... Pour moi, c'est fini! L'aventure ne sera plus ce stage dans la cavalerie et l'imagination qu'on impose aussi aux futurs greffiers. Désormais, je découvre, je pille, j'épouse à mon compte : j'épouse Ondine...

AUGUSTE

Vous avez tort!

LE CHEVALIER

Tort? Réponds-moi franchement, pêcheur! Il était un chevalier qui cherchait dans ce monde ce qui n'est pas usé, quotidien, éculé. Il trouva au bord d'un lac une fille appelée Ondine. Elle faisait d'or les assiettes d'étain. Elle sortait dans l'orage sans être mouillée. Non seulement elle était la plus belle fille qu'il ait vue au monde, mais il sentait qu'elle était la gaieté, la tendresse, le sacrifice. Il sentait qu'elle pouvait mourir pour lui, réussir pour lui ce qu'aucun être humain ne peut réussir, passer dans les flammes, plonger dans les gouffres, voler... Il la salua profondément et repartit épouser une fille noire nommée Bertha!... Qui était-il?

AUGUSTE

Vous posez mal la question.

LE CHEVALIER

Je te demande ce qu'il était. Tu n'oses répondre Un idiot, n'est-ce pas?

EUGÉNIE

Vous avez déjà promis le mariage, seigneur?

LE CHEVALIER

Ma chère Eugénie, tu ne penses pas que même si vous me refusez Ondine, je m'en vais maintenant épouser Bertha.

AUGUSTE

Si Bertha vous aime, chevalier, elle apprendra elle aussi à nager, à plonger, à voler...

LE CHEVALIER

Tout cela, ce sont des histoires. Quand une fille vous aime, elle n'en est que plus gourde, plus humide sous la pluie, plus disposée aux pituites et aux entorses... Il n'y a qu'à voir la tête de la mariée amoureuse, à l'église... Le marié se demande d'où vient tout d'un coup cet affreux changement : c'est qu'elle aime...

EUGÉNIE

Parle, Auguste!

LE CHEVALIER

Parle! Si tu as une raison de me refuser Ondine, dis-la-moi!

AUGUSTE

Seigneur, vous nous demandez Ondine. C'est un honneur pour nous. Mais nous vous donnerions ce qui n'est pas à nous...

LE CHEVALIER

Tu soupçonnes quels sont ses parents?

AUGUSTE

Il ne s'agit pas de parents. C'est justement qu'avec Ondine, la question des parents est vaine. Si nous n'avions pas adopté Ondine, elle aurait trouvé sans nous le moyen de grandir, de vivre. Elle n'a jamais eu besoin de nos caresses, Ondine, mais dès qu'il pleut, impossible de la retenir à la maison. Elle n'a jamais eu besoin de lit, mais combien de fois l'avons-nous surprise endormie sur le lac. Est-ce parce que les enfants devinent instinctivement la nature, est-ce parce que la nature d'Ondine est la nature même : il y a de grandes forces autour d'Ondine!

LE CHEVALIER

C'est qu'elle est la jeunesse!

AUGUSTE

Croyez-vous! Quand je t'ai épousée, ma pauvre Eugénie, tu avais son âge, toi aussi tu étais jolie, intrépide, et le lac restait le lac que j'avais toujours connu, obtus, muré, et l'inondation restait ce qu'il y a de moins intelligent, et l'orage était une brute. Depuis que j'ai Ondine, tout a changé...

LE CHEVALIER

C'est que tu es un pêcheur plus habile. C'est que tu es la vieillesse.

AUGUSTE

Un lac qui ne vous abîme plus jamais vos filets, qui vous donne toujours votre compte en poissons, pas un de moins, pas un de plus, qui n'entre pas dans votre barque, même si dans son fond elle a un trou que vous n'avez pas vu, comme hier, c'est quelque chose d'inhabituel! Calfater un bateau avec de l'eau, c'est la première fois que ça m'arrive...

LE CHEVALIER

Où veux-tu en venir? Que je la demande en mariage au lac?

AUGUSTE

Ne plaisantez pas!

LE CHEVALIER

Que tous les lacs du monde soient mes beaux-pères, les fleuves mes belles-mères, j'accepte avec joie! Je suis très bien avec la nature.

AUGUSTE

Méfiez-vous! C'est vrai que la nature n'aime pas se mettre en colère contre l'homme. Elle a un préjugé en sa faveur. Quelque chose en lui l'achète ou l'amuse. Elle est fière d'une belle maison, d'une belle barque, comme un chien de son collier. Elle tolère de sa part ce qu'elle n'admet d'aucune autre espèce, et les autres êtres subissent le même chantage. Tout ce qu'il y a de venin et de poison dans les fleurs et les reptiles, à l'approche de l'homme, s'enfuit vers l'ombre ou se dénonce par sa couleur même. Mais s'il a déplu une fois à la nature, il est perdu!

LE CHEVALIER

Et je lui déplairais en épousant Ondine? Vous ne lui avez pas déplu, vous, en l'adoptant? Donnez-moi Ondine, mes amis!

AUGUSTE

Vous donner Ondine! Où est-elle en ce moment, Ondine! Reviendra-t-elle jamais, Ondine! Souvent quand elle a disparu, nous pensons que c'est pour toujours! Et voyez, et cherchez, il ne reste aucune trace d'elle! Elle n'a jamais voulu d'autres vêtements que ceux qu'elle porte, elle n'a jamais eu de jouet, de coffret... Quand elle est partie, tout d'elle est parti. Quand elle est partie, elle n'est jamais venue. C'est un rêve, Ondine. Il n'y a pas d'Ondine. Tu y crois, toi, à Ondine, Eugénie?

EUGÉNIE

Je crois que tu deviens un peu fou, mon pauvre Auguste. C'est son Moselle... Il est si traître... C'est comme son histoire de paillettes...

AUGUSTE

Ah, pour cela, les paillettes!

LE CHEVALIER

Tu divagues pour tes paillettes. Pour Ondine, voilà que je me demande maintenant si tu n'as pas raison... Je suis comme toi... Je suis dans un rêve...

AUGUSTE

Je me souviens évidemment de l'avoir vue, ma petite Ondine. Je me rappelle sa voix, son rire; je la vois encore jeter votre truite, une truite d'une demi-livre, mais elle ne reparaîtrait plus, elle ne nous ferait plus ses signes que par des petits éclairs, des petites tempêtes, elle ne nous dirait plus qu'elle nous aime que par des vagues sur nos pieds, de la pluie sur nos joues, ou un poisson de mer dans ma nasse à brochets, que ça ne m'étonnerait pas...

EUGÉNIE

Seigneur, excusez-nous. Chaque fois qu'il boit un verre, il bat la campagne!

AUGUSTE

Et je ne dis pas tout au chevalier! Comment était la grève autour du berceau où nous avons trouvé Ondine! Marquée partout de ces creux que laissent deux amoureux étendus dans le sable. Mais il y en avait cent, mille... Comme si mille couples s'étaient enlacés au bord du lac, et qu'Ondine en était la fille...

EUGÉNIE

Le voilà parti!

AUGUSTE

Et pas la trace d'un orteil, vous m'entendez! Des centaines de corps et pas un pied!...

EUGÉNIE

Permettez que nous allions dormir, seigneur!

AUGUSTE

Des empreintes toutes fraîches, tapissées de nacre, de mica...

EUGÉNIE

Encore son mica! Il est vraiment fatigué... Viens, Auguste! Nous parlerons d'Ondine demain.

AUGUSTE

Si elle revient!

LE CHEVALIER

Qu'elle revienne ou non... Je l'attends...

Il s'étend dans le fauteuil.

SCÈNE HUITIÈME

LE CHEVALIER, puis ONDINE

Le fond de la cabane devient transparent. Une ondine apparaît.

L'ONDINE

Prends-moi, beau chevalier.

LE CHEVALIER

Comment?

L'ONDINE

Embrasse-moi!

LE CHEVALIER

Vous dites?

L'ONDINE

Embrasse-moi, beau chevalier.

LE CHEVALIER

Vous embrasser? Pourquoi?

L'ONDINE

Faut-il me mettre toute nue, beau chevalier?

LE CHEVALIER

Je n'ai rien à voir là-dedans... A votre aise.

L'ONDINE

Faut-il m'étendre sur le dos? Faut-il m'étendre sur le flanc?

ONDINE, surgissant.

Ce que tu es bornée! Ce que tu as l'air bête!

L'ondine disparaît.

LE CHEVALIER, prenant Ondine dans ses bras.

Ma petite Ondine, quelle est cette farce?

ONDINE

C'est une de ces voisines jalouses. Elles ne veulent pas que je t'aime! Elles disent que tu es à la première venue. Que la première effrontée peut te séduire...

LE CHEVALIER

Qu'elle y vienne, cher amour!

Nouvelle apparition.

LA DEUXIÈME ONDINE

Ne me prends pas!

LE CHEVALIER

Que dit celle-là, maintenant?

LA DEUXIÈME ONDINE

Ne me prends pas, beau chevalier! Je ne mange pas de ce pain-là!

LE CHEVALIER

De quel pain?

ONDINE

Si l'effronterie ne t'a pas vaincu, elles prétendent que tu seras séduit en un tour de main par la pudeur... Tous les pauvres hommes, disent-elles, sont ainsi...

LA DEUXIÈME ONDINE

Ne me délie pas les cheveux, ne me caresse pas les reins, beau chevalier!

LE CHEVALIER

Elle n'est pas mal, celle-là. C'est la plus belle qu'ils m'envoient?

ONDINE

Non! C'est la plus intelligente. O Hans chéri, prends-moi dans tes bras. Regarde cette idiote... Ce que c'est bête une femme qui s'offre!... Eh bien, tu peux partir, toi aussi! Tu as perdu!

L'ondine disparaît. Une autre surgit.

LE CHEVALIER

Encore une autre!

ONDINE

Ah! mais non! Ce n'est plus de jeu! Vous ne deviez venir qu'à deux.

LE CHEVALIER

Laisse-la. Elle parle...

ONDINE

Qu'elle s'en aille! C'est le chant des trois sœurs. Aucun ondin n'y résiste...

LE CHEVALIER

Parle, jeune personne!

TROISIÈME ONDINE

Hans Wittenstein zu Wittenstein,
Sans toi la vie est un trépas.
Alles was ist dein ist mein.
Aime-moi. Ne me quitte pas...

LE CHEVALIER

Bravo. C'est charmant!

ONDINE

En quoi, charmant?

LE CHEVALIER

C'est simple, c'est charmant. Ce devait être à peu près cela le chant des sirènes.

ONDINE

Ça l'est justement. Elles l'ont copié!... Voici la seconde sœur! Ne l'écoute pas!

Une seconde ondine s'est rangée près de l'autre.

LE CHEVALIER

N'aurais-tu pas confiance en moi?

ONDINE

O mon amour, n'écoute pas!

LE CHEVALIER

Qu'étaient les liens d'Ulysse, à côté de tes bras!

ONDINE, à l'ondine.

Allons, toi! Vas-y! Et vite!

QUATRIÈME ONDINE

Parfois je pense à toi si fort
Que tu t'agites sur ta couche.
Toujours dormant, tu prends ma bouche...
Moi je m'éveille de la mort!

ONDINE

C'est fini, n'est-ce pas?

LE CHEVALIER

Pas encore, heureusement! Voici la troisième...

ONDINE

Tu ne vois pas qu'elle n'a pas de jambes, de jambes séparées, qu'elle a une queue... Demande-lui de faire le grand écart, pour voir... Moi je suis une vraie femme... Moi je le fais... Regarde!...

LE CHEVALIER

Qu'est-ce que tu racontes! A vous, demoiselle!

ONDINE

Si tu crois que c'est gai d'entendre dire par d'autres ce qu'on pense soi-même, et qu'on ne peut pas dire.

LE CHEVALIER

C'est le lot de tous les hommes, Wolframm von Eschenbach excepté, qui, lui, sait dire ce qu'il ne pense pas... Chut!

LA CINQUIÈME SŒUR ONDINE

Le soir, quand j'allume les feux,
J'entends rentrer les chiens, le pâtre.
Je pense à toi, qui m'aime un peu...
Je pleure. Et le feu rougit l'âtre.

LE CHEVALIER

C'est ravissant! Qu'elle le redise. Tu vas l'apprendre par cœur, pour nos soirées...

ONDINE

Toi, ne reste pas une minute de plus, va-t'en!

UNE ONDINE

Tu as perdu, Ondine, tu as perdu!

LE CHEVALIER

Qu'as-tu perdu?

UNE ONDINE

Son pari! Il te tient dans ses bras, Ondine, et il me regarde. Il t'embrasse et il m'écoute. Il te trompera.

ONDINE

Ne sais-tu pas que c'est l'usage, chez les hommes, de faire dire son amour par des idiotes comme toi, qui chantent ou qui récitent. On les appelle des poètes. Tu es un poète. Tu es une idiote!...

UNE ONDINE

Si tu lui permets de te tromper avec la musique, avec la beauté, à ton aise. Tu as perdu!

ONDINE

Non. Il se moque de vous. J'ai gagné.

UNE ONDINE

Alors, je peux dire que tu acceptes? Que le pacte tient?

LE CHEVALIER

Quel pacte?

ONDINE

Oui, tu peux le dire. Tu peux le dire à l'envie, à la jalousie, à la vanité...

UNE ONDINE

Très bien!

ONDINE

A ce qui grouille, à ce qui nage, à ce qui fait de l'ambre, à ce qui a des arêtes, à ce qui pond des œufs par billions...

UNE ONDINE

Tu verras si c'est plus intéressant d'être vivipare!

LE CHEVALIER

Qu'est-ce que diable vous racontez?

ONDINE

Va leur dire! Va-t'en...

UNE ONDINE

Une minute et ils le savent. Celui que je veux dire y compris?

ONDINE

Celui-là, maudis-le.

L'ondine disparaît

LE CHEVALIER

Quelles explications! Quelle furie!

ONDINE

Oui, c'est la famille!

SCÈNE NEUVIÈME

ONDINE. LE CHEVALIER

Ils sont assis. Elle l'enlace.

ONDINE

Tu es pris, hein, cette fois?

LE CHEVALIER

Ame et corps...

ONDINE

Tu ne te débats plus. Tu ne fais plus tes effets de voix et de jambes.

LE CHEVALIER

Je suis perclus de bonheur...

ONDINE

Il a bien fallu vingt minutes... Le brochet en demande trente.

LE CHEVALIER

Il a fallu toute ma vie. Depuis mon enfance, un hameçon m'arrachait à ma chaise, à ma barque, à mon cheval... Tu me tirais à toi...

ONDINE

C'est bien au cœur qu'il est? Ce n'est pas aux lèvres, au gras de la joue?

LE CHEVALIER

Trop loin pour que jamais tu le détaches...

ONDINE

C'est exiger beaucoup, te demander de sortir de nos métaphores de poissons, de me dire que tu m'aimes!

HANS, un genou en terre.

Non, voilà. Je te dis que je t'aime.

ONDINE

Tu l'as dit déjà?

LE CHEVALIER

J'ai déjà dit un mot semblable, mais qui était le contraire.

ONDINE

Tu l'as dit souvent?

LE CHEVALIER

A toutes celles que je n'aimais pas.

ONDINE

Détaille! Dis-moi mes victoires! Dis-moi qui tu abandonnes pour moi!

LE CHEVALIER

Presque rien... Rien... Toutes les femmes..

ONDINE

Les méchantes, les indignes, les barbues?

LE CHEVALIER

Les bonnes! Les belles!

ONDINE

O Hans, je voudrais t'offrir l'univers, et voilà que j'en retire déjà la plus belle moitié. Un jour tu m'en voudras...

LE CHEVALIER

Elles ne sont rien auprès de toi. Tu les verras...

ONDINE

Où les verrais-je?

LE CHEVALIER

Là, où elles sont. Dans les manèges. Sur la margelle des puits. Chez les grecs aux velours. Nous partirons demain...

ONDINE

Tu veux que nous quittions déjà notre maison, notre lac?

LE CHEVALIER

Je veux que le monde voie ce qu'il possède de plus parfait... Ne sais-tu pas que tu es ce qu'il possède de plus parfait!

ONDINE

Je m'en doute. Mais le monde a-t-il des yeux pour le voir?

LE CHEVALIER

Et toi aussi tu le verras. Vous ne pouvez continuer à vous ignorer l'un l'autre. C'est très beau, Ondine, le monde!

ONDINE

O Hans, du monde, il n'est qu'une chose que je voudrais savoir. Se quitte-t-on dans le monde?

LE CHEVALIER

Que veux-tu dire?

ONDINE

Je suppose un roi et une reine qui s'aiment. Se quittent-ils?

LE CHEVALIER

Je te comprends de moins en moins.

ONDINE

Je m'explique. Prends les chiens de mer. Je n'aime pas spécialement les chiens de mer; on croit toujours qu'ils sont enroués. Ils ne le sont pas. C'est qu'ils ont des cordes vocales. Alors comme ils ouvrent toujours la bouche, le sel sèche sur leurs bronches...

HANS

Tu divagues, avec tes chiens de mer?...

ONDINE

Non! non! C'est un exemple. Une fois que les chiens de mer ont formé leur couple, Hans, ils ne se quittent jamais plus. A un doigt l'un de l'autre, ils nagent des milliers de lieues sans que la tête de la femelle reste de plus d'une tête en arrière... Est-ce que le roi et la reine vivent aussi proches? La reine légèrement en retrait du roi, comme il convient.

LE CHEVALIER

Ce serait difficile. Le roi et la reine ont chacun leurs appartements, leurs voitures, leurs jardins..

ONDINE

Quel mot effroyable que le mot chacun! Pourquoi?

LE CHEVALIER

Parce qu'ils ont chacun leurs occupations et leurs loisirs...

ONDINE

Mais les chiens de mer aussi ont des occupations terriblement distinctes! Ils ont à se nourrir. Ils ont à chasser, à poursuivre parfois des bancs de milliards de harengs, qui se dispersent devant eux en milliards d'éclairs. Ils ont des milliards de raisons de s'en aller l'un à gauche, l'autre à droite. Et pourtant, toute leur vie, ils vivent collés et parallèles. Une raie ne passerait pas entre eux.

LE CHEVALIER

Je crains fort que des baleines puissent passer vingt fois par jour entre le roi et la reine. Le roi surveille ses ministres. La reine ses jardiniers. Deux courants les emportent.

ONDINE

Justement, parlons de courants : les chiens de mer ont à lutter aussi contre vingt, contre cent courants! Il en est des glacés, des chauds. Le chien de mer pourrait aimer les froids, la chienne de mer les tièdes... Des courants plus forts que flux et reflux... Qui écartèlent les navires. Et cependant ils n'écartent pas d'un pouce mâle et femelle chien de mer...

LE CHEVALIER

Cela prouve que les hommes et les chiens de mer sont des espèces différentes.

ONDINE

Mais, toi, il est bien entendu que tu ne me quitteras jamais, même une seconde, même d'une aune!... Depuis que je t'aime, ma solitude commence à deux pas de toi.

LE CHEVALIER

Oui, Ondine.

ONDINE

On se fait moins de mal en se frottant qu'en ne se voyant pas?

LE CHEVALIER

Où veux-tu en venir, petite Ondine?

ONDINE

O Hans, écoute-moi. Je connais quelqu'un qui pourrait nous unir pour toujours, quelqu'un de très puissant, qui ferait que nous serions soudés l'un à l'autre comme le sont certains jumeaux, veux-tu que je l'appelle?

LE CHEVALIER

Et nos bras, Ondine, tu les comptes pour rien?

ONDINE

Les bras des hommes leur servent surtout à se dégager. Oh non, plus j'y pense, plus je vois que c'est le seul moyen pour que mari et femme ne soient pas à la merci d'une envie, d'une humeur. L'ami qui nous unira est là. Il acceptera. Tu n'as qu'un mot à dire!

LE CHEVALIER

Est-ce que tes fameux chiens de mer sont soudés?

ONDINE

C'est vrai. Mais eux ne vont pas dans le monde. Ce serait une ceinture de chair qui nous tiendrait à la taille. J'y ai pensé. Elle serait souple, elle ne nous empêcherait pas de nous embrasser.

LE CHEVALIER

Et la guerre, petite Ondine?

ONDINE

Justement. Je serai à la guerre avec toi. Nous serions le chevalier à deux visages. L'ennemi fuirait. Nous serions célèbres. Je l'appelle, n'est-ce pas?

LE CHEVALIER

Et la mort?

ONDINE

Justement. On ne pourrait délier la ceinture. J'ai tout prévu; tu verras comme je serai discrète. Je boucherai mes oreilles, mes yeux. Tu ne t'apercevras pas que je suis soudée à toi... Je l'appelle?

LE CHEVALIER

Non. Nous allons d'abord essayer comme cela, Ondine. Après nous verrons... Tu n'as pas peur pour cette nuit?

ONDINE

Si... Si tu ne crois pas que je vois ce que tu penses... Evidemment, penses-tu, elle a raison, et je la tiendrai serrée toute la journée et toute la nuit, mais de temps en temps, une seconde, je la quitterai pour prendre l'air, pour jouer aux dés...

LE CHEVALIER

Pour aller voir mon cheval...

ONDINE

Oui, oui, plaisante! Je suis sûre que tu attends mon sommeil pour aller le voir, ton cheval... Quand cet ange dormira, te dis-tu, cet ange que jamais une petite minute au monde je n'abandonnerai, je sortirai une bonne grosse minute pour aller voir mon cheval... Tu l'attendras longtemps, mon sommeil!... C'est toi qui vas dormir...

LE CHEVALIER

J'en doute, Ondine chérie... Le bonheur va me tenir éveillé toute la nuit... Il faudra bien, d'ailleurs, que j'aille le voir, mon cheval. Non seulement parce que nous partons à l'aube... Mais aussi parce que je lui dis tout.

ONDINE

Ah oui? Très bien!

LE CHEVALIER

Que fais-tu?

ONDINE

Pour cette nuit je fais ma ceinture moi-même. Cela ne te gêne pas que je passe cette lanière autour de nous?

LE CHEVALIER

Non, chérie...

ONDINE

Et cette chaîne?

LE CHEVALIER

Non, chérie.

ONDINE

Et ce filet?... Tu le relèveras dès que je dormirai Vois, je bâille déjà... Bonne nuit, mon amour.

LE CHEVALIER

Entendu... Mais jamais homme et femme n'ont été liés d'aussi près en ce monde.

Ondine s'est redressée subitement.

ONDINE

Ah oui! Eh bien, maintenant, toi, dors!

Des mains, elle jette le sommeil sur le chevalier qui retombe endormi.

UNE ONDINE

Adieu, Ondine...

ONDINE

Toi, prends soin des deux cents saumons blessés et occupe-toi des alevins. Mène la double bande à l'aube sous la cascade marine, à midi sous les sargasses. Veille au fleuve appelé Rhin. Il est trop lourd pour eux.

UNE ONDINE

Adieu, Ondine...

ONDINE

Toi, tu me remplaces pour la garde des perles. Tu les trouveras toutes dans la salle des grottes... J'ai fait d'elles un dessin, laisse-le quelques jours... Cela ne te dira rien. Il faut savoir lire... C'est un nom.

LE ROI DES ONDINES

Une dernière fois, ne nous trahis pas! Ne va pas chez les hommes!

ONDINE

Je vais chez un homme.

LE ROI DES ONDINES

Il te trompera... Il t'abandonnera...

ONDINE

Je ne te crois pas.

LE ROI DES ONDINES

Alors, le pacte tient, petite idiote!... Tu acceptes le pacte, s'il te trompe, honte du lac!

LE CHEVALIER se retourne dans son sommeil.

Ondine!... Gloire du Lac!

ONDINE

Comme c'est commode d'avoir deux bouches pour répondre!

Rideau

ACTE DEUXIÈME

Salle d'honneur
dans le palais du roi.

SCÈNE PREMIÈRE

LE CHAMBELLAN. LE SURINTENDANT DES THÉÂTRES. LE MONTREUR DE PHOQUES. LE ROI DES ONDINS en illusionniste

LE CHAMBELLAN

Messieurs, j'en appelle également à votre invention et à votre impromptu. Dans quelques instants le roi reçoit en cette salle le chevalier de Wittenstein qui s'est enfin décidé, après trois mois de lune de miel, à présenter sa jeune épouse à la Cour. Sa Hautesse entend qu'un divertissement clôture la solennité... Vous, Monsieur le surintendant des théâtres royaux, que nous proposez-vous?

LE SURINTENDANT

Salammbô!

LE CHAMBELLAN

C'est triste, Salammbô! Et vous nous l'avez déjà donné dimanche, pour le bout de l'an de la margrave.

Chambellan - gentilhomme chargé du service de la chambre du roi

LE SURINTENDANT

C'est triste, mais c'est prêt...

LE CHAMBELLAN

Plus prêt qu'Orphée, pour qui la ménagerie du roi fournit les loups et les blaireaux? Plus prêt que le jeu d'Eve et d'Adam, qui ne demande point de costumes?

LE SURINTENDANT

Excellence, ma fortune théâtrale vient de ce que j'ai le premier compris que toute scène a ses facilités et ses inhibitions qu'il est vain de vouloir forcer...

LE CHAMBELLAN

Surintendant, le temps presse!

LE SURINTENDANT

En fait, chaque théâtre n'est bâti que pour une seule pièce, et le seul secret de sa direction est de découvrir laquelle. La tâche est ardue, surtout quand elle n'est pas encore écrite; de là, mille catastrophes, jusqu'au jour où sous les cheveux de Mélisande ou l'armure d'Hector s'introduit en lui sa clef, son âme, et, si j'ose dire, son sexe...

LE CHAMBELLAN

Surintendant...

LE SURINTENDANT

J'ai régi un théâtre, vide avec les classiques, qui n'a connu l'euphorie qu'avec une farce de housards : c'était un théâtre femelle... Un autre qu'avec les chœurs de la Sixtine, c'était un théâtre inverti.

Et si j'ai dû fermer, l'an dernier, le théâtre du Parc, c'est par raison d'Etat et haute convenance, parce qu'il ne peut supporter que la pièce incestueuse...

LE CHAMBELLAN

Et la clef de notre scène royale est Salammbô?

LE SURINTENDANT

Vous l'avez dit. Au seul nom de Salammbô, cette astringence, hélas constitutive, des pharynx de nos choristes, se relâche, et nous donne des voix un peu discordes mais éclatantes. Les treuils que Faust rouille et noue, tournent soudain à leur vitesse; les colonnes que dix équipes ne pouvaient soulever qu'en accrochant rideaux et corniches, se dressent, plus distinctes que le jonchet, au doigt d'un seul machiniste. La tristesse, l'insubordination, la poussière, fuient ces lieux à tire-d'aile avec les fameuses colombes. Parfois, alors que je donne un opéra allemand, de ma loge je vois un de mes chanteurs pétillant de joie, lançant ses notes à pleine gorge, dominant l'orchestre de sa pétulance et provoquant dans le public l'applaus et l'aise : c'est, au milieu de ses collègues qui chantent avec conscience leur partition nordique, que celui-là, par distraction, chante son rôle de Salammbô... Oui, Excellence. Mon théâtre a joué Salammbô mille fois, mais c'est pourtant la seule pièce que je puisse exiger de lui qu'il improvise.

LE CHAMBELLAN

Je regrette. Il serait malséant de montrer à deux amoureux la piteuse issue de l'amour. A toi! Qui es-tu?

LE MONTREUR

Je suis le montreur de phoques, Excellence.

LE CHAMBELLAN

Qu'est-ce qu'ils font, tes phoques?

LE MONTREUR

Ils ne chantent pas Salammbô, Excellence.

LE CHAMBELLAN

Ils ont tort. Des phoques chantant Salammbô constitueraient un très convenable intermède. Et d'ailleurs l'on m'a dit que ton phoque mâle porte une barbe qui le fait ressembler au beau-père de notre roi?

LE MONTREUR

Je peux le raser, Excellence.

LE CHAMBELLAN

Par une coïncidence regrettable, le beau-père de notre roi s'est fait raser la sienne hier... Evitons l'ombre d'un scandale... A toi, le dernier! Qui es-tu?

L'ILLUSIONNISTE

Je suis illusionniste, Excellence.

LE CHAMBELLAN

Où est ton matériel?

L'ILLUSIONNISTE

Je suis illusionniste sans matériel.

LE CHAMBELLAN

Ne plaisante point. On ne fait point passer de comètes avec leur queue, on ne fait point monter des eaux la ville d'Ys, surtout toutes cloches sonnant, sans matériel.

L'ILLUSIONNISTE

Si.

Une comète passe. La ville d'Ys émerge.

LE CHAMBELLAN

Il n'y a pas de Si! On ne fait point entrer le cheval de Troie, surtout avec un œil fumant, on ne dresse point les Pyramides, surtout entourées de chameaux, sans matériel.

Le cheval de Troie entre. Les Pyramides se dressent.

L'ILLUSIONNISTE

Si.

LE CHAMBELLAN

Quel entêté!

LE POÈTE

Excellence!...

LE CHAMBELLAN

Laissez-moi! On ne fait point jaillir l'arbre de Judée, on ne fait point surgir, près du premier chambellan, Vénus toute nue, sans matériel!

Vénus toute nue surgit près du chambellan.

L'ILLUSIONNISTE

Si.

LE POÈTE

Excellence!... *(Il s'incline.)* ... Madame!

Vénus a disparu.

LE CHAMBELLAN, éberlué.

Je me suis toujours demandé quelles sont ces femmes que vous faites ainsi paraître, vous autres magiciens... Des commères?

L'ILLUSIONNISTE

Ou Vénus elle-même. Cela dépend de la qualité de l'illusionniste.

LE CHAMBELLAN

La tienne, en tout cas, me paraît certaine... Quel est ton projet?

L'ILLUSIONNISTE

Si Votre Excellence le permet, les circonstances m'inspireront.

LE CHAMBELLAN

C'est te faire grande confiance.

L'ILLUSIONNISTE

Je suis tout à votre disposition, pour vous offrir, immédiatement, à titre d'essai, un petit divertissement personnel.

LE CHAMBELLAN

Je vois que tu sais lire aussi les pensées.

L'ILLUSIONNISTE

Comme la pensée qui vous agite est celle de toute la cour, je n'y ai que peu de mérite. Oui, Excellence, je peux, comme vous le souhaitez, comme toutes les dames de la ville le souhaitent, faire se trouver face à face un homme et une femme qui, depuis trois mois, s'évitent.

LE CHAMBELLAN

Ici même?

L'ILLUSIONNISTE

A l'instant même. Le temps pour vous de placer les curieux.

LE CHAMBELLAN

Tu te fais des illusions. Il est vrai que c'est ton métier... Mais réfléchis que l'homme en question apporte présentement le dernier soin à la toilette de cour de son épouse, et la contemple avec ravissement. La femme, de son côté, a juré par ressentiment et jalousie de ne pas paraître à la cour.

L'ILLUSIONNISTE

Oui. Mais supposez que quelque chien vole le gant de la jeune épouse et l'apporte vers cette salle... Que fera l'époux? Supposez que l'oiseau de la femme s'évade de sa cage, et vole vers ce lieu? L'oiseau qu'elle aime...

LE CHAMBELLAN

Cela ne t'avancerait guère!... Le hallebardier a pour haute consigne d'écarter les chiens des appartements royaux. Les deux faucons du prince sont en liberté et sans capuchon dans le voisinage de la cage.

L'ILLUSIONNISTE

Oui... Mais supposez que le hallebardier glisse sur des bananes, qu'une gazelle distraie les faucons d'un bouvreuil.

LE CHAMBELLAN

Bananes et gazelles sont inconnues en ce pays.

L'ILLUSIONNISTE

Oui... Non... Pas depuis une heure. L'envoyé africain pelait un de ces fruits en vous suivant pour son audience et parmi ses cadeaux j'ai vu les animaux du désert. Vous n'aurez pas le dernier mot avec la magie, Excellence! Croyez-moi!... Donnez votre signal, installez vos curieuses et vous verrez arriver en ces lieux Bertha et le chevalier...

LE CHAMBELLAN

Prévenez ces dames!

LE POÈTE

Excellence, pourquoi faire cette mauvaise besogne?

LE CHAMBELLAN

Elle se fera un jour ou l'autre. Vous connaissez les langues de la Cour.

LE POÈTE

C'est leur métier. Ce n'est pas le nôtre.

LE CHAMBELLAN

Mon cher poète, quand vous aurez mon âge, vous trouverez la vie un théâtre par trop languissant. Elle manque de régie à un point incroyable.

Je l'ai toujours vu retarder les scènes à faire, amortir les dénouements. Ceux qui doivent y mourir d'amour, quand ils y arrivent, c'est péniblement et dans leur vieillesse. Puisque j'ai un magicien sous la main, je vais enfin m'offrir le luxe de voir se dérouler la vie à la vitesse et à la mesure, non seulement de la curiosité mais de la passion humaine...

LE POÈTE

Prenez une moins innocente victime.

LE CHAMBELLAN

Cette innocente victime, jeune ami, a détourné un chevalier de ses serments. Son châtiment doit venir tôt ou tard. Si le chevalier et Bertha se rencontrent et s'expliquent aujourd'hui, nous épargnant le semestre qu'exigerait la vie, s'ils se touchent la main dans la matinée, s'ils s'embrassent dans la soirée, au lieu de remettre leur baiser à l'hiver ou à l'automne, la trame de leur intrigue n'en sera pas changée, mais elle en sera plus vraie, plus forte et aussi plus fraîche. C'est le grand avantage du théâtre sur la vie, il ne sent pas le rance... Allez-y, magicien!... Quel est ce bruit?

UN PAGE

C'est le hallebardier qui tombe.

LE CHAMBELLAN

Tout prend bonne tournure.

LE POÈTE

Excellence! C'est une mauvaise action d'accélérer la vie! Vous en supprimez les deux éléments sauveurs, la distraction et la paresse. Qui vous dit que le chevalier et Bertha, par négligence ou par routine, ne se seraient pas évités toute leur vie... Quel est ce cri?

LE PAGE

C'est la gazelle que les faucons éborgnent.

LE CHAMBELLAN

Parfait! Cachons-nous... Et vous croyez pouvoir maintenir toute la journée à cette allure, magicien?

L'ILLUSIONNISTE

Voici l'oiseau...

SCÈNE DEUXIÈME

BERTHA. LE CHEVALIER

LE CHEVALIER, ramassant un gant.

Enfin! Je te trouve!

BERTHA, attrapant l'oiseau.

Enfin! Je te tiens!

Ils repartent chacun de son côté, sans s'être vus.

SCÈNE TROISIÈME

Les spectateurs cachés passent la tête et s'agitent.

LE POÈTE

Ah! Je respire!...

LES DAMES

Vous vous moquez de nous, chambellan?

LE CHAMBELLAN

Quelle est cette plaisanterie, magicien?

L'ILLUSIONNISTE

Une erreur de régie, comme vous dites. Je répare.

LE CHAMBELLAN

Vont-ils se rencontrer, oui ou non?

L'ILLUSIONNISTE

Pour qu'il n'y ait pas de doute sur leur rencontre, je vais les faire se heurter.

Tous rentrent derrière les colonnes.

SCÈNE QUATRIÈME

BERTHA. LE CHEVALIER

LE CHEVALIER, ramassant le second gant.

Et voilà la paire!

BERTHA, rattrapant l'oiseau.

Ah! tu t'échappes encore!

Ils se cognent brutalement. Bertha va tomber, Hans lui prend les mains. Ils se reconnaissent.

LE CHEVALIER

Oh! pardon, Bertha!

BERTHA

Pardon, chevalier.

LE CHEVALIER

Je vous ai fait très mal?

BERTHA

Je n'ai absolument rien senti.

LE CHEVALIER

Je suis une brute?...

BERTHA

Oui...

Ils vont sortir, lentement, chacun d'un côté. Bertha enfin s'arrête.

BERTHA

Beau voyage de noces?

LE CHEVALIER

Merveilleux voyage...

BERTHA

Une blonde, n'est-ce pas?

LE CHEVALIER

Une blonde. Le soleil passe où elle passe.

BERTHA

Nuits ensoleillées... Moi j'aime l'ombre.

LE CHEVALIER

Chacun son goût.

BERTHA

Alors vous avez dû souffrir, le jour de votre départ, à l'ombre de ce chêne, de m'embrasser?

LE CHEVALIER

Bertha!

BERTHA

Moi, je ne souffrais pas... J'aimais bien...

LE CHEVALIER

Ma femme est près d'ici, Bertha!

BERTHA

J'étais bien, dans vos bras. J'étais bien pour toujours!

LE CHEVALIER

C'est vous qui déliâtes ces bras! Qui m'avez ramené, sans perdre une minute, au milieu de vos amies, par vanité, pour y faire je ne sais quelle roue!...

BERTHA

On retire son anneau, même de fiançailles, pour le montrer...

LE CHEVALIER

Je regrette. L'anneau n'a pas compris.

BERTHA

Il a fait ce que font les anneaux... Il a roulé... Sous un lit...

LE CHEVALIER

Quel est ce langage?

BERTHA

Je me trompe sans doute en parlant de lit... On couche dans la grange, chez les paysans, sur le foin... Vous avez eu à vous brosser, au matin de vos nuits d'amour?

LE CHEVALIER

Je vois à vos paroles que vous n'avez pas encore eu les vôtres.

BERTHA

Ne soyez pas en peine. Elles viendront.

LE CHEVALIER

Je n'en doute pas. Mais, si vous voulez un conseil, préférez votre amour à vous-même, ne le laissez plus s'écarter... A distance, quoi que vous puissiez croire, vos traits s'effacent.

BERTHA

Soyez tranquille, je ne le lâcherai plus...

LE CHEVALIER

Quel qu'il soit, ne le lancez plus égoïstement loin de vous, vers les dangers stériles et la mort...

BERTHA

Il faut croire que vous avez eu très peur dans cette forêt?

LE CHEVALIER

On vous dit hautaine. N'hésitez pas à vous précipiter sur lui, quand vous le verrez, et, devant toute la cour, à l'embrasser.

BERTHA

C'était mon intention... Et même si nous étions seuls!

Elle embrasse le chevalier, et veut fuir. Il la retient.

LE CHEVALIER

Oh! Bertha! Vous, la dignité! Vous, l'orgueil!

BERTHA

Moi l'humilité... Moi l'impudence...

LE CHEVALIER

Quel jeu jouez-vous maintenant? Que voulez vous?

BERTHA

Ne serrez pas ma main. Elle tient un oiseau.

LE CHEVALIER

J'aime ma femme. Et rien ne me séparera d'elle.

BERTHA

C'est un bouvreuil. Vous allez l'étouffer!

LE CHEVALIER

Si la forêt m'avait englouti, vous n'auriez pas pour moi un souvenir. Je reviens heureux et mon bonheur vous est insupportable... Lâchez cet oiseau!

BERTHA

Non. Son cœur bat. A côté du mien, j'ai besoin en cette minute de ce petit cœur.

LE CHEVALIER

Quel est votre secret? Avouez-le!

BERTHA, *lui montrant l'oiseau mort.*

Voilà... Vous l'avez tué.

LE CHEVALIER

Pardon, Bertha!

Il a mis un genou à terre, Bertha le regarde un moment.

BERTHA

Mon secret, Hans? Mon secret et ma faute? Je pensais que vous l'aviez compris. C'est que j'ai cru à la gloire. Pas à la mienne. A celle de l'homme que j'aimais, que j'avais choisi depuis l'enfance, que j'ai attiré un soir sous le chêne où petite fille j'avais gravé son nom... Le nom aussi grandissait chaque année!... J'ai cru qu'une femme n'était pas le guide qui vous mène au repas, au repos, au sommeil, mais le page qui rabat sur le vrai chasseur tout ce que le monde contient d'indomptable et d'insaisissable. Je me sentais de force à rabattre sur vous la licorne, le dragon, et jusqu'à la mort. Je suis brune. J'ai cru que dans cette forêt mon fiancé serait dans ma lumière, que dans chaque ombre il verrait ma forme, dans chaque obscurité mon geste. Je voulais le rouler au cœur de cet honneur et de cette gloire des ténèbres dont je n'étais que l'appeau et le plus modeste symbole. Je n'avais pas peur. Je savais qu'il serait vainqueur de la nuit, puisqu'il m'avait vaincue moi-même. Je voulais qu'il fût le chevalier noir... Pouvais-je penser qu'un soir tous les sapins du monde allaient écarter leurs branches devant une tête blonde?

LE CHEVALIER

Pouvais-je le penser moi-même?...

BERTHA

Voilà ma faute... Elle est avouée. Il n'en sera plus question. Je ne graverai plus de nom que sur les chênes-lièges... Un homme seul avec la gloire, c'est déjà bête. Une femme seule avec la gloire, c'est ridicule... Tant pis pour moi... Adieu...

LE CHEVALIER

Pardon, Bertha...

BERTHA, lui prenant le bouvreuil des mains.

Donnez... Je l'emporte...

Ils sortent chacun de son côté

SCÈNE CINQUIÈME

LE CHAMBELLAN. L'ILLUSIONNISTE. LE POÈTE

L'ILLUSIONNISTE

Voilà!... Voilà la scène que vous n'auriez eue que l'hiver prochain, si vous n'aviez eu recours à mes services!

LE POÈTE

Elle est très suffisante!... Arrêtons-nous!

LE CHAMBELLAN

Certes pas! J'ai hâte de voir la suivante!...

TOUTES LES DAMES

La suivante, la suivante!

L'ILLUSIONNISTE

A vos ordres, laquelle?

UNE DAME

Celle où Hans se penchant sur le chevalier qu'il a blessé voit sa gorge et reconnaît Bertha.

L'ILLUSIONNISTE

Celle-là est réservée pour d'autres siècles, Madame.

LE CHAMBELLAN

Celle où Bertha et le chevalier parlent pour la première fois d'Ondine...

L'ILLUSIONNISTE

La scène de l'an prochain?... Allons-y...

Toutes les dames regardent soudain le visage du chambellan.

LE CHAMBELLAN

Qu'est-ce que j'ai, là, sur les joues?

L'ILLUSIONNISTE

Ah! Ce sont les inconvénients du système! Vous avez une barbe de six mois...

Ils se cachent à nouveau.

SCÈNE SIXIÈME

BERTHA. LE CHEVALIER

Ils entrent d'un pas dégagé l'un du jardin, l'autre de la cour.

BERTHA

Je vous cherchais, Hans!

LE CHEVALIER

Je vous cherchais, Bertha!

BERTHA

Hans, il ne faut pas qu'un nuage subsiste entre nous. Je ne puis être votre amie, si je ne suis l'amie d'Ondine. Confiez-la-moi ce soir. Je copie, les illustrant moi-même, l'Enéide et les Tristes. Elle m'aidera à mettre l'or sur les larmes d'Ovide.

LE CHEVALIER

Merci, Bertha. Mais j'en doute...

BERTHA

Ondine n'écrit pas volontiers?

LE CHEVALIER

Non. Ondine ne sait pas écrire.

BERTHA

Comme elle a raison! Elle peut ainsi se donner sans retenue aux œuvres des autres. Elle peut lire les romans sans envier l'auteur.

LE CHEVALIER

Non. Elle ne les lit pas.

BERTHA

Elle n'aime pas les romans?

LE CHEVALIER

Non. Elle ne sait pas lire.

BERTHA

Que je l'envie! Quelle nymphe nous allons avoir au milieu de ces pédantes ou de ces dévotes!... Qu'il va être reposant de voir enfin la nature même se donner insouciante à la musique et aux danseurs!

LE CHEVALIER

Vous ne l'y verrez pas.

BERTHA

Vous êtes à ce point jaloux d'elle?

LE CHEVALIER

Non. Elle ne sait pas danser.

BERTHA

Vous plaisantez, Hans! Vous avez épousé une femme qui ne lit pas, qui n'écrit pas, qui ne danse pas?

LE CHEVALIER

Oui. Et qui ne récite pas. Et qui ne joue pas de la flûte à bec. Et qui ne monte pas à cheval. Et qui pleure à la chasse.

BERTHA

Que fait-elle?

LE CHEVALIER

Elle nage... Un peu...

BERTHA

Quel ange! Mais prenez garde! Il n'est pas très bon d'être ignorante à la cour. Les professeurs y pullulent. Comment se présente-t-elle, Ondine?

LE CHEVALIER

Comme ce qu'elle est, comme l'amour.

BERTHA

Comme l'amour muet, ou comme l'amour bavard? Elle aura le droit de tout ignorer, si elle sait se taire.

LE CHEVALIER

C'est sur ce point, Bertha, que je ne suis pas sans inquiétude. Ondine est bavarde et comme son seul maître de cour a été la nature, elle tient sa syntaxe des rainettes et ses liaisons du vent. Voici l'époque des tournois et des chasses : je tremble à l'idée des paroles qu'arracheront à Ondine ces spectacles où chaque passe, chaque figure de manège, chaque volte a son nom. Je l'instruis, mais sans succès. A chaque terme technique, à chaque mot nouveau pour elle, elle m'embrasse. Il y en avait trente-trois rien que dans la première prise de lance que j'essayais hier de lui enseigner.

BERTHA

Trente-quatre!...

LE CHEVALIER

C'est ma foi vrai : avec le dégagé du col, trente-quatre! Où avais-je la tête! Bravo, Bertha!

BERTHA

Vous vous êtes trompé d'un baiser... Confiez-moi Ondine, Hans. Avec moi, ce danger ne sera pas à craindre. Et je sais la joute et la vénerie.

LE CHEVALIER

Ce qu'elle doit connaître surtout, Bertha, ce sont les particularités et les privilèges des Wittenstein, et ce sont des secrets.

BERTHA

Ils ont presque été les miens. Interrogez.

LE CHEVALIER

Si vous répondez, je vous dois un gage! Quelle couleur doit porter l'écu du Wittenstein à l'entrée dans l'arène?

BERTHA

L'azur du prince, écartelé de l'écureuil à queue cassée.

LE CHEVALIER

Chère Bertha! La tenue du Wittenstein dépassant la barrière?

BERTHA

La lance en équerre. Le destrier à l'amble.

LE CHEVALIER

Quelle femme de chevalier vous ferez un jour, Bertha!

Ils sortent ensemble.

SCÈNE SEPTIÈME

LE CHAMBELLAN. L'ILLUSIONNISTE. LE POÈTE. LES DAMES.

LE CHAMBELLAN

Bravo! Et comme Wittenstein a raison. La comtesse Bertha fait tout, sait tout. Elle est la femme idéale : elle se ruine en reliures!... A la troisième scène, magicien, nous sommes dans les transes!...

LA DAME

Celle où Bertha voit Ondine nue dansant au clair de lune avec ses gnomes.

L'ILLUSIONNISTE

Vous confondez encore, Madame.

LE CHAMBELLAN

La brouille de Bertha et d'Ondine?

LE POÈTE

Que diriez-vous d'une année de répit?

UN PAGE

Excellence, l'heure de la réception approche.

LE CHAMBELLAN

Hélas! c'est ma foi vrai! J'ai juste le loisir d'aller chercher cette jeune personne et de lui donner, puisqu'elle est si bavarde, les conseils qui éviteront, du moins aujourd'hui, tout impair... Mais vous n'allez pas, magicien, profiter de mon absence pour donner la moindre scène?

L'ILLUSIONNISTE

Une toute petite.

LE CHAMBELLAN

Qui n'a aucun rapport avec cette intrigue, je pense?

L'ILLUSIONNISTE

Qui n'a aucun rapport avec rien. Mais qui fera plaisir à un vieux pêcheur que j'aime.

Exit chambellan.

Entrent d'un côté Violante, de l'autre, Auguste.

SCÈNE HUITIÈME

AUGUSTE. VIOLANTE

AUGUSTE, se dirigeant vers la comtesse.

Vous êtes la comtesse Violante?

VIOLANTE

Oui, brave homme... *(Elle se penche vers lui. Il voit la paillette d'or dans son œil.)* Que voulez-vous?

AUGUSTE

Plus rien... J'avais raison... C'est merveilleux... Merci...

Ils disparaissent.

SCÈNE NEUVIÈME

ONDINE. LE CHAMBELLAN. LE POÈTE

Le chambellan descend l'escalier en donnant la main à Ondine et en lui faisant répéter ses révérences.

LE CHAMBELLAN

Absolument impossible!

ONDINE

J'en serais si heureuse!...

LE CHAMBELLAN

Changer en fête nautique la réception ordinaire de troisième classe est pratiquement impossible... Le secrétaire des finances d'ailleurs l'interdirait : amener l'eau dans la piscine nous coûte chaque fois une fortune.

ONDINE

Je vous l'aurais gratis.

LE CHAMBELLAN

N'insistez point! Même si notre roi recevait le prince des poissons, il devrait, pour raison d'économie, le recevoir à l'air.

ONDINE

Je serais tellement à mon avantage dans l'eau!

LE CHAMBELLAN

Pas nous... Pas moi...

ONDINE

Si. Vous spécialement. Vous avez la main humide. Dans l'eau, cela ne se verrait pas.

LE CHAMBELLAN

Ma main n'est pas humide.

ONDINE

Elle l'est. Touchez-la.

LE CHAMBELLAN

Chevalière, vous sentez-vous la force d'écouter un moment les avis qui vous éviteront, dès cet après-midi, les impairs et les esclandres?

ONDINE

Une heure! Deux heures, si vous voulez!

LE CHAMBELLAN

De les écouter sans m'interrompre?

ONDINE

Je vous le jure. Rien de plus facile...

LE CHAMBELLAN

Chevalière, la Cour est un lieu sacré...

ONDINE

Pardon! Une seconde!

Elle va vers le poète qui se tenait à l'écart et qui vient au-devant d'elle.

ONDINE

Vous êtes le poète, n'est-ce pas?

LE POÈTE

On le dit.

ONDINE

Vous n'êtes pas très beau...

LE POÈTE

On le dit aussi... On le dit plus bas... Mais comme les oreilles des poètes ne sont sensibles qu'aux chuchotements, je l'entends d'autant mieux.

ONDINE

Est-ce que cela n'embellit point, d'écrire?

LE POÈTE

J'étais beaucoup plus laid.

Elle rit vers lui. Il se retire.

ONDINE, revenant au chambellan.

Excusez-moi.

LE CHAMBELLAN

Chevalière, la Cour est un lieu sacré où l'homme doit tenir sous son contrôle les deux traîtres dont il ne peut se défaire : sa parole et son visage. S'il a peur, ils doivent exprimer le courage. S'il ment, la franchise. Il n'est pas malséant non plus, s'il leur arrive de parler vrai, qu'ils aient l'air de parler faux. Cela donne à la vérité cet aspect équivoque qui la désavantage le moins vis-à-vis de l'hypocrisie... Prenons l'exemple que dans votre innocence vous avez choisi vous-même. Je renonce à l'exemple sur l'odeur de brûlé qui était mon exemple ordinaire... Oui, ma main est humide... Ma main droite, la gauche est la sécheresse même. Elle me brûle, l'été... Oui, depuis mon enfance, je le sais, et j'en souffre. Ma nourrice, quand je touchais son sein, confondait mes lèvres et mes doigts, et la légende qui veut que je tienne cette particularité de mon ancêtre Onulphe, qui plongea par mégarde son poignet dans l'huile sainte, ne m'est pas une consolation... Mais tout humide que soit ma main, mon bras est long, il touche au trône, il obtient les récompenses et les disgrâces... Me déplaire est mettre en jeu sa faveur, celle de son mari, surtout si l'on raille mes tares physiques, ma tare physique!... Je n'en ai d'ailleurs pas de morales... Et maintenant, belle Ondine, si vous m'avez suivi, dites-moi, en femme de cour avertie, comment est-elle, ma main?

ONDINE

Humide... Comme vos pieds.

LE CHAMBELLAN

Elle n'a rien compris! Chevalière...

ONDINE

Une seconde, voulez-vous?

LE CHAMBELLAN

Non point! Jamais!

Elle va à nouveau vers le poète qui lui aussi va vers elle.

ONDINE

Quel a été votre premier vers?

LE POÈTE

Le plus magnifique.

ONDINE

Le plus magnifique de vos vers?

LE POÈTE

De tous les vers. Il est aussi haut au-dessus d'eux que vous au-dessus des autres femmes.

ONDINE

Vous êtes bien modeste, dans votre vanité... Dites-le vite...

LE POÈTE

Je ne le sais plus. Je l'ai fait en rêve. Au réveil, j'avais oublié.

ONDINE

Il fallait vite l'écrire.

LE POÈTE

C'est bien ce que je me suis dit. Je l'ai même écrit beaucoup trop vite... Je l'ai écrit en rêve.

Elle lui rit gentiment. Il s'éloigne.

LE CHAMBELLAN

Chevalière, admettons que j'aie la main humide. Quand vous aurez touché toutes les mains de la cour, peut-être serez-vous d'opinion différente... Admettons-le, et admettons que je l'admette... Mais iriez-vous dire au roi qu'il a la main humide?

ONDINE

Sûrement pas.

LE CHAMBELLAN

Bravo! Parce qu'il est roi?

ONDINE

Non! Parce qu'elle est sèche.

LE CHAMBELLAN

Vous êtes impossible! Je vous parle du cas où elle le serait!

ONDINE

Vous ne pouvez en parler! Elle ne l'est pas.

LE CHAMBELLAN

Mais si le roi vous questionne sur la verrue qu'il a sur le nez! Il a une verrue notre roi, je pense! — Ne me faites pas crier si fort, je vous en prie! — Et s'il vous demande à quoi elle ressemble?

ONDINE

Qu'un monarque qui vous voit pour la première fois songe à vous demander à quoi ressemble sa verrue, ce serait bien étrange.

LE CHAMBELLAN

Mais, chevalière, nous parlons théorie! J'essaie seulement de vous faire comprendre, au cas où vous auriez une verrue, ce que l'on devra en dire, pour vous plaire!...

ONDINE

Je n'aurai jamais de verrue. Vous pouvez attendre...

LE CHAMBELLAN

Elle est folle...

ONDINE

Cela vient de toucher les tortues, vous savez?...

LE CHAMBELLAN

Peu importe!

ONDINE

C'est moins grave d'ailleurs que le bouton d'Alep qui vient de se frotter au poisson-chat...

LE CHAMBELLAN

Si vous voulez!

ONDINE

Ou que l'âme basse, qui vient de tuer l'anguille en l'étouffant... L'anguille est noble! Il faut que son sang coule!

LE CHAMBELLAN

Elle est insupportable!

LE POÈTE

Madame, le chambellan veut seulement vous dire qu'il ne faut point faire de peine à ceux qui sont laids en leur parlant de leur laideur.

ONDINE

Ils n'ont qu'à ne pas l'être. Est-ce que je le suis, moi?

LE CHAMBELLAN

Comprenez donc que la politesse est une sorte de placement, et le meilleur! Quand vous vieillirez, on vous dira, grâce à elle, que vous êtes jeune Quand vous enlaidirez, que vous êtes belle, tout cela contre un minime versement.

ONDINE

Je ne vieillirai jamais...

LE CHAMBELLAN

Quelle enfant!

ONDINE

Voulez-vous parier? Oh! pardon!

Elle court vers le poète.

LE CHAMBELLAN

Chevalière!...

ONDINE

C'est ce qu'il y a de plus beau au monde, n'est-ce pas?

LE POÈTE

Quand elle tombe des rochers, éclaboussant la belladone et l'ancolie, sans conteste!

ONDINE

La cascade, ce qu'il y a de plus beau au monde! Je crois que vous devenez fou!

LE POÈTE

Je vois. Vous parlez de la mer?

ONDINE

De la mer? Cette saumure? Cette danse de Saint-Guy? Mais vous m'insultez!

LE CHAMBELLAN

Chevalière!

ONDINE

Voilà l'autre qui nous rappelle. Comme c'est dommage! Nous nous entendions si bien!

Elle revient près du chambellan.

LE CHAMBELLAN

Qu'est-ce qu'ils racontent! Chevalière, nous reprendrons un autre jour cette leçon. J'ai juste le temps de vous apprendre la question que vous posera aujourd'hui le roi comme à toute débutante, sur le héros dont il porte le nom, sur Hercule. Il lui fut donné, parce que dans son berceau il écrasa sous son derrière un orvet qui s'y fourvoyait par mégarde. Vous êtes la sixième débutante de l'année. Il vous demandera son sixième travail. Ecoutez bien, je vous ferai répéter, et par saint Roch, je vous supplie de ne plus vous absenter de la conversation pour aller bavarder avec le poète.

ONDINE

Oh! justement! J'oubliais! Merci de me le rappeler!... C'est très urgent!

LE CHAMBELLAN

Mais je l'interdis!

Elle court au-devant du poète.

ONDINE

Vous me plaisez.

LE POÈTE

Je suis confus, mais le chambellan attend. Qu'avez-vous à me dire de si urgent?

ONDINE

Cela...

LE CHAMBELLAN

Je crois qu'ils deviennent fous! Chevalière!

ONDINE

Je parlais des sources tout à l'heure, des sources sous-marines, quand le printemps fleurit au fond du lac... Le jeu est de les trouver à leur jaillissement. C'est soudain une eau qui se débat au milieu de l'eau. On essaie de la comprimer des deux mains. On est inondé d'une eau qui n'a touché que l'eau. Il en est une tout près d'ici, dans l'étang.

Allez au-dessus d'elle. Regardez-y votre reflet. Vous vous y verrez comme vous êtes, le plus beau des hommes...

LE POÈTE

Les leçons du chambellan portent leur fruit.

LE CHAMBELLAN

Walter, je vous rends responsable! Quand Hercule eut tué le poisson, chevalière...

ONDINE

Hercule a tué un poisson?

LE CHAMBELLAN

Oui, le plus grand, l'hydre de Lerne.

ONDINE

Alors, je me bouche les oreilles! Je ne veux rien savoir des assassins.

LE CHAMBELLAN

C'est infernal!

On entend un grand bruit au-dehors. L'illusionniste paraît.

LE CHAMBELLAN

Et quelle est cette scène, maintenant?

L'ILLUSIONNISTE

Celle qui vient? Je n'en suis pas responsable.

UNE DAME

Le premier baiser de Hans et de Bertha?

L'ILLUSIONNISTE

Non, bien pis : la première mésentente du chevalier et d'Ondine. Elle vient à son heure.

Hans paraît.

UN PAGE

Votre mari, Madame.

ONDINE

Viens vite, Hans chéri, le grand maître m'apprend à mentir.

LE CHEVALIER

Laisse-moi, j'ai à lui parler.

ONDINE

Touche sa main. Tu verras comme elle est sèche!... Je mens bien, n'est-ce pas, chambellan?...

LE CHEVALIER

Silence, Ondine.

ONDINE

Toi, tu es très laid, et je te hais. Je ne mens pas, cette fois!

LE CHEVALIER

Vas-tu te taire! Que signifie mon rang à table, Excellence? Vous me placez après Salm?

LE CHAMBELLAN

En effet, chevalier.

LE CHEVALIER

J'ai droit au troisième rang après le roi, et à la fourchette d'argent.

LE CHAMBELLAN

Vous l'aviez. Et même au premier, et même à la fourchette d'or, si certain projet avait pris corps. Mais votre mariage vous assigne le quatorzième, et la cuiller...

ONDINE

Qu'est-ce que cela fait, Hans chéri! J'ai vu les plats... Il y a quatre bœufs entiers. Je suis sûre qu'il y en aura pour tout le monde.

Rires.

LE CHEVALIER

Qu'avez-vous à rire, Bertram?

BERTRAM

Je ris quand mon cœur est gai, chevalier...

ONDINE

Tu ne vas pas empêcher les gens de rire, Hans?

LE CHEVALIER

Il rit de toi.

ONDINE

Il ne rit pas de moi méchamment. Il rit de moi parce qu'il me trouve amusante. Je le suis sans le vouloir, mais je le suis. Il rit par sympathie pour moi.

BERTRAM

C'est vrai, Madame.

LE CHEVALIER

Ma femme ne doit provoquer aucun rire, même de sympathie!

ONDINE

Alors il ne rira plus, car il ne voudra pas me déplaire, n'est-ce pas, chevalier?

BERTRAM

De tout ce qui n'est pas votre désir, je m'écarterai, Madame.

ONDINE

N'en veuillez pas à mon mari... C'est flatteur pour moi qu'il veille ainsi sur ce qui me touche... Ne trouvez-vous pas, chevalier?

BERTRAM

On l'envie d'être seul à pouvoir le faire.

LE CHEVALIER

Qui vous demande votre avis, Bertram?

ONDINE

Mais moi, chéri, moi!... Tu aurais besoin des leçons du chambellan, Hans. Ne sois pas nerveux. Imite-moi. Le tonnerre ni le déluge ne chasseront plus ce sourire de mes lèvres.

L'illusionniste est venu près d'elle. Elle reconnaît son oncle.

ONDINE, à voix basse.

Te voilà? Pourquoi ce déguisement? Quel méfait prépares-tu?

L'ILLUSIONNISTE

Tu le verras. C'est pour ton bien. Pardon si je te parais importun.

ONDINE

A une condition, je te pardonne.

L'ILLUSIONNISTE

Je t'écoute.

ONDINE

O mon oncle! J'ai besoin de mon calme! Accorde-moi, pour cette fête seulement, de ne pas voir ce que les autres pensent. On y perd toujours!

L'ILLUSIONNISTE

Qu'est-ce que je pense?

ONDINE, qui lit dans sa pensée, terrorisée.

Va-t'en!...

L'ILLUSIONNISTE

Tu vas m'appeler dans une minute, Ondine...

On annonce le roi.

SCÈNE DIXIÈME

LE ROI. LA REINE. LEUR SUITE.
BERTHA. LES MÊMES

LE ROI

Salut, chevalier! Salut! petite Ondine!

Ondine a aperçu Bertha et semble ne plus voir qu'elle

LE CHAMBELLAN

Votre révérence, Madame!

Elle fait sa révérence automatiquement, sans cesser de regarder Bertha.

LE ROI

Je te reçois, comme tous ceux et celles que je veux aimer, charmante enfant, dans cette salle consacrée à Hercule. J'adore Hercule, son nom est mon prénom le plus cher. Je ne suis pas du tout de ceux qui font venir son nom de Hercelé, celui qui ramasse des rainettes... Pas de rainettes dans l'histoire d'Hercule. La grenouille est même le seul animal qu'on n'imagine pas dans la carrière d'Hercule. Le lion, le tigre, l'hydre. Tout cela va. La grenouille jamais. N'est-ce pas, messire Alcuin?

MESSIRE ALCUIN

Dans ce cas, il aurait fallu l'esprit dur, Sire, et pas d'êta. Un simple epsilonn.

LE ROI

Mais je bavarde, Ondine... Ses travaux... Tu sais, j'imagine, combien de travaux Hercule mena à leur terme?

LE CHAMBELLAN, soufflant.

Neuf...

ONDINE, sans cesser de regarder Bertha.

Neuf, Altesse...

LE ROI

Parfait. Le chambellan souffle un peu fort, mais ta voix apparaît charmante, même pour un mot aussi bref. Il va lui être plus difficile de te souffler la description complète du sixième travail, mais elle est au-dessus de toi, petite Ondine, dans ce cartouche. Regarde!... Quelle est cette femme qui veut séduire Hercule, le charme au visage, la fausseté au cœur...

ONDINE, regardant toujours Bertha.

C'est Bertha...

LE ROI

Que dit-elle?

Ondine s'est dirigée vers Bertha.

ONDINE

Vous, vous ne l'aurez pas!

BERTHA

Que n'aurai-je pas?

ONDINE

Jamais il ne sera à vous! Jamais!

LE ROI

Qu'a cette enfant?

LE CHEVALIER

Ondine, le roi te parle...

ONDINE

Si vous lui dites un mot, si vous le touchez, je vous tue...

LE CHEVALIER

Vas-tu te taire, Ondine!

BERTHA

Une folle!

ONDINE

O roi, sauvez-nous!

LE ROI

Te sauver de quoi, petite fille? Quel danger peux-tu courir, dans cette fête donnée en ton honneur!

LE CHEVALIER

Excusez-la... Excusez-moi...

ONDINE

Toi, tais-toi! Tu es déjà avec elles, avec elles toutes! Tu es déjà sans le vouloir dans leur jeu...

LE ROI

Explique-toi, Ondine!

ONDINE

O roi, n'est-ce pas épouvantable! Vous avez un mari pour qui vous avez tout donné au monde... Il est fort... Il est brave... Il est beau...

LE CHEVALIER

Je t'en conjure, Ondine...

ONDINE

Tais-toi. Je sais ce que je dis... Tu es bête, mais tu es beau. Et toutes elles le savent. Et toutes elles se disent : quelle chance, que tout en étant si beau, il soit si bête! Parce qu'il est beau, il sera doux d'être dans ses bras, de l'embrasser. Et ce sera facile de le séduire, parce qu'il est bête. Parce qu'il est beau, nous aurons de lui tout ce que nous n'avons pas de nos époux voûtés, de nos fiancés tremblants. Mais tout cela sera sans danger pour notre propre cœur, parce qu'il est bête!

BERTRAM

Charmante femme!

ONDINE

N'est-ce pas que j'ai raison, chevalier!

LE CHEVALIER

A quoi penses-tu, Ondine?

ONDINE

Quel est votre nom, ô vous qui me trouvez charmante!

BERTRAM

Bertram, Madame.

LE CHEVALIER

Taisez-vous!

BERTRAM

Quand une femme me demande mon nom, je le donne, chevalier.

LE ROI

Je vous en prie.

LE CHAMBELLAN

Les vicomtes et vicomtesses s'approchent pour le baisemain!

BERTHA

Mon père, qu'une paysanne vienne insulter votre fille adoptive, en notre palais, ne croyez-vous pas que c'est trop?...

LE CHEVALIER

Altesse, permettez-moi de prendre congé pour toujours... J'ai une femme adorable, mais qui n'est point faite pour tout le monde...

ONDINE

Vous voyez comme ils s'entendent! Ils sont la fausseté même!

LE ROI

Bertha n'est pas fausse, Ondine.

ONDINE

Elle l'est. A-t-elle jamais osé vous parler de votre...

LE CHAMBELLAN

Chevalière!

LE ROI

De ma filiation avec Hercule par mon aïeule Omphale?... Je n'en rougis pas, petite Ondine.

ONDINE

Non, de votre verrue simplement, de votre verrue qui est la plus belle verrue que roi ait portée et que n'a pu donner qu'une tortue d'au-delà des mers. *(Elle s'aperçoit de sa maladresse. Elle tente de se rattraper.)* Où l'avez-vous touchée? Aux colonnes d'Hercule?

LE CHAMBELLAN

Les margraves avancent pour la cérémonie de la jarretière...

LE ROI

Ma petite Ondine, calme-toi. Oui, tu me plais. Qu'il arrive à ces plafonds de résonner sous la voix de l'amour même, c'est une rareté qui ne m'est pas désagréable, mais pour ton bonheur même, suis mes conseils...

ONDINE

O vous je vous croirai sans discuter.

LE ROI

Bertha est une fille douce, loyale et qui ne demande qu'à t'aimer.

ONDINE

Ah non! Erreur complète!

LE CHEVALIER

Je te prie de te taire.

ONDINE

Toi, tu appelles douce une fille qui tue des bouvreuils?

LE ROI

Quelle est cette histoire de bouvreuils? Pourquoi Bertha irait-elle tuer des bouvreuils?

ONDINE

Pour troubler Hans!

LE ROI

Je puis te jurer que Bertha...

BERTHA

Mon père, je venais de rattraper mon bouvreuil quand Hans m'a saluée et m'a pris la main. Il a pressé trop fort.

ONDINE

Il n'a pas pressé trop fort. Le poing de la plus faible femme devient une coque de marbre pour protéger un oiseau vivant. Si j'en avais un dans ma main, votre Hercule, Altesse, pourrait presser de toutes ses forces. Mais Bertha connaît les hommes. Ce sont des monstres d'égoïsme que la mort d'un oiseau bouleverse. Le bouvreuil était en sûreté dans sa main, elle l'a mollie...

LE CHEVALIER

C'est moi qui ai pressé trop fort.

ONDINE

C'est elle qui a tué!...

LE CHAMBELLAN

Altesse, les barons libres et les baronnesses libres...

LE ROI

Ondine, que ce soit elle ou lui, tu vas me jurer que tu laisseras désormais Bertha tranquille.

ONDINE

Si vous l'ordonnez, c'est juré.

LE ROI

Je l'ordonne.

ONDINE

C'est juré... A condition qu'elle se taise!

LE ROI

Mais c'est toi qui parles!...

ONDINE

Elle se parle à elle-même, j'entends tout... Taisez-vous, Bertha!

LE CHEVALIER

Demande pardon à Bertha, Ondine!

ONDINE

Mes cheveux? Qu'a-t-elle à dire de mes cheveux! J'aime mieux mes cheveux en filasse, comme elle dit, que ses nattes comme des serpents. Regardez-la, Altesse, elle a des vipères pour cheveux!

LE CHEVALIER

Demande pardon!...

ONDINE

Mais tu ne l'entends donc pas! Vous ne l'entendez donc pas! Elle dit que par ce scandale je me perds moi-même, qu'une semaine de pareille bêtise m'arrachera mon mari, qu'il n'y aura plus qu'à attendre que je meure de chagrin... Voilà ce qu'elle dit, la douce Bertha, voilà ce qu'elle crie! O Hans chéri, prends-moi dans tes bras, devant elle, pour l'humilier...

LE CHEVALIER

Ne me touche pas.

ONDINE

Embrasse-moi devant elle! J'ai ressuscité le bouvreuil. Il est vivant maintenant dans sa cage.

BERTHA

Quelle folle!

ONDINE

Vous l'avez tué! Je l'ai ressuscité!... Quelle est la folle de nous deux, quelle est la coupable?

LA REINE

Pauvre enfant!

ONDINE

Vous ne l'entendez pas?... Il chante.

LE ROI

Votre intermède est prêt, Excellence? Jamais intermède n'aura mieux mérité son nom.

ONDINE

Tu m'en veux, Hans chéri?

LE CHEVALIER

Je ne t'en veux pas, mais tu m'as couvert de honte. Tu as fait de nous la risée de la cour.

ONDINE

N'y restons pas. Il n'y a que le roi qui soit bon ici, et que la reine qui soit belle... Partons...

LE CHAMBELLAN, auquel l'illusionniste a fait un signe

Votre bras à la comtesse Bertha, chevalier.

ONDINE

Son bras à Bertha, jamais...

LE CHAMBELLAN

Le protocole, Madame.

LE CHEVALIER

Votre main, Bertha.

ONDINE

Sa main, jamais! D'ailleurs, tu vas savoir, Hans. Ecoute ce qu'elle est, Bertha... Vous tous, arrêtez, écoutez, écoutez ce qu'est la comtesse Bertha et ce que lui doit le protocole!

LE CHEVALIER

C'en est trop, Ondine...

LA REINE

Laissez-moi. Je veux parler à cette enfant...

ONDINE

Oh oui, j'ai un secret à dire à la reine!

LE ROI

Heureuse idée, Yseult.

ONDINE

Yseult! O roi, votre femme est la reine Yseult?

LE ROI

Tu ne le savais pas?

ONDINE

Et Tristan? Où est Tristan?

LE ROI

Je ne vois pas le rapport, Ondine... Calmez-la, chère Yseult.

Tous sortent moins la reine et Ondine.

SCÈNE ONZIÈME

YSEULT. ONDINE

YSEULT

Tu t'appelles Ondine, n'est-ce pas?

ONDINE

Oui. Et je suis une ondine.

YSEULT

Tu as quel âge? Quinze ans?

ONDINE

Quinze ans. Et je suis née depuis des siècles. Et je ne mourrai jamais...

YSEULT

Pourquoi t'es-tu égarée parmi nous? Comment notre monde a-t-il bien pu te plaire?

ONDINE

Par les biseaux du lac, il était merveilleux.

YSEULT

Il l'est toujours, depuis que tu vis sèche?

ONDINE

Il est mille moyens d'avoir de l'eau devant les yeux.

YSEULT

Ah! Je vois! Pour que le monde te paraisse splendide à nouveau, tu penses à la mort de Hans? Pour que nos femmes te semblent encore merveilleuses, tu penses qu'elles te prendront Hans?

ONDINE

Elles veulent me le prendre, n'est-ce pas?

YSEULT

Cela en a tout l'air. Tu lui donnes trop de valeur.

ONDINE

Mon secret! Oh! reine, c'est là mon secret : si elles me le prennent, il mourra! C'est épouvantable!

LA REINE

Rassure-toi. Elles ne sont pas si cruelles.

ONDINE

Si! Si! Il mourra parce que j'ai accepté qu'il meure s'il me trompe.

YSEULT

Que racontes-tu là? C'est la punition, chez les ondins?

ONDINE

Oh! non! Chez les ondins, il n'y a jamais eu d'épouse infidèle, que par confusion ou par trop grande ressemblance, ou parce que l'eau était brouillée. Mais les ondines s'entendent pour que le trompeur involontaire ne le sache jamais.

YSEULT

Et comment alors peuvent-ils savoir que Hans peut te tromper? Comprendre le mot tromper?

ONDINE

Ils l'ont su tout d'un coup. En le voyant. Jamais il n'avait été question chez eux de tromperie. Jamais avant la venue de Hans. Mais ils ont aperçu un bel homme à cheval, la loyauté sur son visage, la sincérité dans la bouche, et alors le mot tromper a couru jusqu'au fond des ondes...

YSEULT

Pauvres ondins!

ONDINE

Et alors, tout ce qui de Hans me donnait confiance, son regard, qui est droit, sa parole, qui est claire, cela leur paraissait un message de trouble, une hypocrisie. Il faut croire que la vertu des hommes est déjà un mensonge affreux. Il m'a dit qu'il m'aimerait toujours...

YSEULT

Et le mot trahir est né dans les eaux.

ONDINE

Les poissons eux-mêmes l'épelaient. Et chaque fois que je sortais de la cabane pour leur raconter l'amour de Hans et les narguer, tous me criaient ce mot par des bulles ou par des sons. « Il est furieux de sa truite jetée, disais-je. Il a faim. — Oui, disaient les brochets. Il te trompe. — Je viens de cacher le jambon. — Oui, disaient les ablettes, il te trompe... » Vous aimez les ablettes, vous?

YSEULT

Je n'ai pas encore d'opinion.

ONDINE

De sales petites mouches. De sales petites serpentes. J'en sais sur les ablettes! Et ils l'ont tenté avec les ondines. Je pensais qu'il allait, à ce qu'on nous a dit des hommes, se précipiter sur elles, d'autant que mon oncle les avait choisies sans ouïes et sans ailerons. Il ne les a ni touchées, ni embrassées. J'étais fière de lui. Je les ai défiées. Je leur ai dit qu'il ne me tromperait jamais. Mais ils ricanaient. Alors, j'ai eu tort. J'ai fait le pacte.

YSEULT

Quel pacte?

ONDINE

Leur roi, mon oncle, m'a dit : « Tu nous permets de le tuer, s'il te trompe? » Si je disais non, c'était humilier Hans devant eux, c'était dire que je méprisais Hans. C'était me mépriser moi-même! J'ai dit oui.

YSEULT

Ils oublieront. Ils changeront d'avis.

ONDINE

Oh! ne croyez pas cela. C'est tout petit dans l'univers, le milieu où l'on oublie, où l'on change d'avis, où l'on pardonne, l'humanité, comme vous dites... Chez nous, c'est comme chez le fauve, comme chez les feuilles du frêne, comme chez les chenilles, il n'y a ni renoncement, ni pardon.

YSEULT

Mais quelle prise ont-ils sur lui?

ONDINE

Tout ce qui est l'onde, l'eau, maintenant surveille Hans. S'il approche d'un puits, soudain le niveau monte. Si la pluie tombe, elle tombe sur lui deux fois plus dense. Il est furieux. Vous verrez, quand il passe près des jets d'eau du jardin, ils s'élèvent de courroux jusqu'au ciel.

YSEULT

Veux-tu mes conseils, chère petite Ondine?

ONDINE

Oui, je suis une ondine.

YSEULT

Tu peux m'écouter, tu as quinze ans.

ONDINE

Quinze ans dans un mois. Et je suis née depuis des siècles et je ne mourrai jamais.

YSEULT

Pourquoi as-tu choisi Hans?

ONDINE

Je ne savais pas que l'on choisit, chez les hommes. Chez nous l'on ne choisit pas, de grands sentiments nous choisissent, et le premier ondin venu est pour toujours le seul ondin. Hans est le premier homme que j'ai vu, on ne peut choisir davantage.

YSEULT

Ondine, disparais! Va-t'en!

ONDINE

Avec Hans?

YSEULT

Si tu veux ne pas souffrir, si tu veux sauver Hans, plonge dans la première source venue... Va-t'en!

ONDINE

Avec Hans? Il est si laid, dans l'eau!

YSEULT

Tu as eu avec Hans trois mois de bonheur. Il faut t'en contenter. Pars pendant qu'il est temps encore.

ONDINE

Quitter Hans? Pourquoi?

YSEULT

Parce qu'il n'est pas fait pour toi. Parce que son âme est petite.

ONDINE

Moi je n'en ai pas. C'est encore pis!

YSEULT

La question ne se pose pas pour toi, ni pour aucune créature non humaine. L'âme du monde aspire et expire par les naseaux et les branchies. Mais l'homme a voulu son âme à soi. Il a morcelé stupidement l'âme générale. Il n'y a pas d'âme des hommes. Il n'y a qu'une série de petits lots d'âme où poussent de maigres fleurs et de maigres légumes. Les âmes d'homme avec les saisons entières, avec le vent entier, avec l'amour entier, c'est ce qu'il t'aurait fallu, c'est horriblement rare. Il y en avait par hasard une en ce siècle, et en cet univers. Je regrette. Elle est prise.

ONDINE

Moi je ne la regrette pas du tout.

YSEULT

C'est que tu ne sais pas ce que c'est, un ondin à grande âme.

ONDINE

Je le sais très bien, nous en avons eu un! Il ne nageait que sur le dos pour voir le ciel. Il prenait des crânes d'ondines mortes entre ses nageoires et les contemplait. Il lui fallait onze jours de solitude et d'étreinte avant l'amour. Il nous a lassées toutes. Même les plus âgées l'évitent. Non, le seul homme digne d'être aimé est celui qui ressemble à tous les hommes, qui a la parole, les traits de tous les hommes, qu'on ne distingue des autres que par des défauts ou des maladresses en plus..

YSEULT

C'est Hans.

ONDINE

C'est Hans.

YSEULT

Mais ne vois-tu pas que tout ce qui est large en toi, Hans ne l'a aimé que parce qu'il le voyait petit! Tu es la clarté, il a aimé une blonde. Tu es la grâce, il a aimé une espiègle. Tu es l'aventure, il a aimé une aventure... Dès qu'il soupçonnera son erreur, tu le perdras...

ONDINE

Il ne le verra pas. Si c'était Bertram, Bertram le verrait. Mais je me doutais du danger. Entre tous les chevaliers j'ai choisi le plus bête...

YSEULT

Le plus bête des hommes voit toujours assez clair pour devenir aveugle.

ONDINE

Alors je lui dirai que je suis une ondine!

YSEULT

Ce serait pire. Peut-être es-tu pour lui, en ce moment, une espèce d'ondine, mais parce qu'il ne croit pas que tu en es une. La vraie ondine, pour Hans, ce ne sera pas toi, mais, dans quelque bal travesti, Bertha avec un caleçon d'écailles.

ONDINE

Si les hommes ne savent pas supporter la vérité, je mentirai!

YSEULT

Que tu cherches la vérité ou le mensonge, chère enfant, tu ne tromperas personne et tu offriras aux hommes ce qu'ils détestent le plus.

ONDINE

La fidélité?

YSEULT

Non. La transparence. Ils en ont peur. Elle leur paraît le pire secret. Dès que Hans verra que tu n'es pas un résidu de souvenirs, un amas de projets, un entassement d'impressions et de volontés, il aura peur, tu seras perdue. Crois-moi. Va-t'en, sauve-le!

ONDINE

O reine, c'est que je ne le sauverai pas en partant. Si je reviens chez les ondins, ils s'empresseront autour de moi, attirés par le goût humain. Mon oncle voudra que j'épouse l'un d'eux. Je refuserai. De colère il tuera Hans... Non! C'est sur la terre que je dois sauver Hans. C'est sur la terre que je dois trouver le moyen de cacher à mon oncle qu'il me trompe, si un jour il ne m'aime plus. Mais il m'aime encore, n'est-ce pas?

YSEULT

Sans aucun doute. De toutes ses forces!

ONDINE

Alors pourquoi chercher, reine! Nous l'avons, le remède! J'en ai eu l'idée tout à l'heure, pendant la dispute. Chaque fois que je voulais détourner Hans de Bertha, je n'arrivais qu'à le lancer vers elle. Dès que je disais du mal de Bertha, il prenait son parti... Je vais agir tout au contraire! Vingt fois par jour je lui dirai qu'elle est belle, qu'elle a raison. Alors elle lui sera indifférente, elle aura tort. Chaque jour je m'arrangerai pour qu'il la rencontre, pour qu'elle soit le plus éclatante possible, au soleil, en robe de cour. Alors il ne verra que moi. J'ai déjà un projet. C'est que Bertha vienne habiter avec nous, dans le château de Hans... Ainsi ils passeront toute leur vie ensemble : ce sera comme si elle était loin. Je prendrai tous les prétextes à les laisser seuls, la promenade, la chasse : ce sera comme s'ils étaient dans une foule. Ils liront ensemble leurs manuscrits, coude à coude; il la regardera peindre ses lettrines, visage à visage; ils s'effleureront, ils se toucheront : alors ils se sentiront séparés et ils n'auront point de désir. Alors, je serai tout pour Hans... Comme je comprends les hommes, n'est-ce pas!... Tel est mon remède... *(Yseult s'est levée et vient l'embrasser...)* O reine Yseult, que faites-vous!

YSEULT

Yseult te dit merci.

ONDINE

Merci?

YSEULT

Merci pour la leçon d'amour... Que le ciel juge. Laissons faire les recettes d'Ondine...

ONDINE

Oui, je suis une ondine.

YSEULT

Et le philtre des quinze ans...

ONDINE

Quinze ans dans un mois. Et je suis née depuis des siècles. Et je ne mourrai jamais...

LA REINE

Les voilà...

ONDINE

Quel bonheur! Je vais pouvoir demander pardon à Bertha!

SCÈNE DOUZIÈME

LES MÊMES. LE ROI. TOUS LES ASSISTANTS

ONDINE

Pardon, Bertha!

LE ROI

Très bien, mon enfant...

ONDINE

J'avais raison. Mais comme on ne demande pardon que quand on a tort, j'avais donc tort, Bertha... Pardon.

LE CHEVALIER

Très bien, Ondine chérie...

A ce moment, le magicien apparaît et Ondine l'a vu.

ONDINE

Très bien... Mais elle pourrait me répondre!...

LE CHEVALIER

Comment?

ONDINE

Je suis là, abaissée devant elle, moi qui suis tellement plus haute, humiliée devant elle, moi qui me sens pleine de fierté, à croire que j'en suis enceinte, et elle ne me répond même pas!

BERTRAM

C'est vrai, Bertha pourrait lui répondre...

ONDINE

N'est-ce pas, Bertram!

LE CHEVALIER

Mêlez-vous de ce qui vous regarde...

ONDINE

Il s'en mêle. Je le regarde.

LE CHEVALIER

Nous verrons cela tout à l'heure, Bertram!

LE ROI

Bertha, cette enfant reconnaît ses torts. Ne prolonge pas un incident pénible pour chacun de nous.

BERTHA

Entendu, je lui pardonne.

ONDINE

Merci, Bertha.

BERTHA

A condition qu'elle porte ma traîne dans les cérémonies.

ONDINE

Oui, Bertha.

BERTHA

Ma traîne de douze pieds.

ONDINE

Plus de pieds me sépareront de vous, plus je serai contente, Bertha.

BERTHA

Qu'elle ne m'appellera plus Bertha, mais Altesse.

LE ROI

Tu as tort, Bertha.

BERTHA

Et qu'elle dise publiquement que je n'ai pas tué le bouvreuil.

ONDINE

Je le dirai. Ce sera un mensonge.

BERTHA

Vous voyez quelle impudence, mon père!

LE ROI

Vous n'allez pas recommencer!...

ONDINE

Son Altesse Bertha n'a pas tué le bouvreuil. Hans n'a pas pris sa main. Hans en ne prenant pas sa main ne l'a pas pressée.

BERTHA

Elle m'insulte!

ONDINE

Son Altesse Bertha ne passe pas son temps à crever les yeux de ses bouvreuils pour qu'ils chantent! Le matin, en sautant du lit, Son Altesse Bertha ne pose pas ses pieds sur un tapis fait de cent mille bouvreuils morts!

BERTHA

Mon père, souffrirez-vous de me voir ainsi injuriée devant vous!

LE ROI

Pourquoi la provoques-tu?

LE CHEVALIER

Tu parles à la fille adoptive du roi, Ondine!...

ONDINE

A la fille du roi! Tu veux savoir qui elle est, la fille du roi! Vous voulez le savoir, vous tous qui tremblez devant elle!

LE CHEVALIER

Oh! Ondine, tu me rappelles quel vice est la roture!

ONDINE

La roture, cher aveugle! Tu veux savoir de quel côté est la roture! Tu la crois née de tes héros, ta Bertha! Je connais ses parents! Ils sont pêcheurs sur le lac. Ils ne s'appellent pas Parsifal ni Kudrun. Ils s'appellent Auguste et Eugénie.

BERTHA

Hans, faites-la taire, ou je ne vous revois de ma vie!...

ONDINE

Tu es là, mon oncle! Au secours!

LE CHEVALIER, voulant l'entraîner

Suis-moi!

ONDINE

Montre-leur la vérité, mon oncle! Trouve un moyen de leur montrer la vérité! Pour une fois, écoute-moi. Au secours!...

La lumière s'éteint brusquement pendant que le chambellan annonce :

LE CHAMBELLAN

Altesse, l'intermède...

SCÈNE TREIZIÈME

Le fond du théâtre représente le bord du lac avec la chaumière d'Auguste. Le roi des ondins contemple, dans un berceau de roseaux, une petite fille que les ondines lui apportent. Un acteur et une actrice, vêtus en Salammbô et en Matho, s'empressent de chaque côté de la scène...

L'ILLUSIONNISTE

Quels sont ces deux-là? Ils n'ont rien à voir ici.

LE CHAMBELLAN

Ce sont les chanteurs de Salammbô. Impossible de les retenir.

L'ILLUSIONNISTE

Faites-les taire.

LE CHAMBELLAN

Faire taire des chanteurs de Salammbô? C'est le huitième travail d'Hercule.

SPECTACLE

UNE ONDINE, regardant la petite fille.

La voilà? Que faut-il en faire?

LE ROI DES ONDINS

Laissez-lui la croix de sa mère...

MATHO, chantant.

Oui, je ne suis qu'un mercenaire!

UN PETIT ONDIN

Roi de l'Onde, elle m'a mordu!...

LE ROI DES ONDINS

Que son hochet lui soit rendu
Qu'Auguste tailla bien que mal
Dans la torpille du narval...

SALAMMBO, chantant.

Oui, je suis nièce d'Annibal!

UNE ONDINE

Quel démon! Elle m'égratigne!

LE ROI DES ONDINS

Laissez sur elle chaque signe
Par lequel éclate à mon gré
De sa naissance le secret...

SALAMMBO, chantant.

Mais j'adore ce corps indigne!

MATHO, chantant.

Mais j'adore ce corps sacré!

UNE ONDINE

Est-il vrai qu'un prince découvre
La panière entre les roseaux
Et la rend berceau dans son Louvre?...

LE ROI DES ONDINS

Oui, pour nous, habitants des eaux,
Petite fille à l'âme vaine,
Tu perds en dignité humaine
De pêcheuse tu deviens reine...
Peut-être y trouveras-tu joie...

TOUTES LES ONDINES

Dans l'orgueil le méchant se noie!...

LE ROI DES ONDINS

Mais s'il advient jour mol ou sec
Qu'aux ondins tu portes échec...

SALAMMBO, chantant.

Prends-moi! Et prends Carthage avec!

LE ROI DES ONDINS

Nicole, Berthilde, Esclarmonde
Fut-il ton nom en ce haut monde,
Croix et hochet témoins seront
De ta roture et la diront.

MATHO, chantant.

Te voilà nue! Ah! quel beau front!

UNE ONDINE

Mais une croix vite se brise..

UNE ONDINE

L'ivoire au voleur est de prise...

SALAMMBO, chantant.

Le soir est frais. J'en suis surprise.

MATHO, chantant.

Etale ce zaïmph sur toi!

LE ROI DES ONDINS

C'est pourquoi, mes filles ondines,
Sur ces épaules enfantines
D'un index qui mord comme poix
Je dessine narval et croix.

SALAMMBO, chantant.

Enfin je l'ai!

MATHO, chantant.

Qui, moi?

SALAMMBO, chantant.

Le voile

de Tanit!

MATHO, chantant.

Ah! Tout se dévoile!

LE ROI DES ONDINS

J'ajoute en chiffres transparents
L'initiale des parents,
Qu'en aucun cas ne se renie
Le lait de ta mère Eugénie!...
Adonc, sous cette voûte haute,
Ta gloire hier, demain ta faute,
Lève-toi, Bertha, si tu l'oses
Et montre ta nuque de roses!

La lumière éclate. Consternation dans la salle. Bertha s'est levée.

ONDINE

Osez, Bertha!

BERTHA

Osez vous-même.

ONDINE

Voilà!

Elle arrache le voile de Bertha.
Sur l'épaule de Bertha apparaissent les signes.

SALAMMBO et MATHO

Tout n'est qu'amour en ce bas monde!
Qu'amour!...

ONDINE

Ils sont là, mon oncle?

L'ILLUSIONNISTE

Ils arrivent.

Auguste et Eugénie entrent dans la salle, et se précipitent vers Bertha.

AUGUSTE

Ma fille! Ma chère fille!

BERTHA

Vous! Ne me touchez pas! Vous sentez le poisson!

TOUS LES ONDINS, réprobateurs.

Oh! Oh!

EUGÉNIE

Mon enfant!... Que j'ai tant demandée à Dieu!

BERTHA

O Dieu, je vous demande, moi, de me faire, du moins, orpheline!

LE ROI

Honteuse fille! Voici à quoi je devais ta tendresse, à mon trône. Tu n'es qu'une parvenue et qu'une ingrate. Demande pardon à tes parents et à Ondine.

BERTHA

Jamais!

LE ROI

A ton aise. Si tu ne m'obéis point, tu es éloignée de la ville et finiras ta vie dans un couvent.

BERTHA

Elle est finie...

Tous sortent, moins Ondine, Bertha et le chevalier.

SCÈNE QUATORZIÈME

BERTHA. ONDINE. LE CHEVALIER

Auguste et Eugénie sont debout au fond de la salle. Des couronnes d'or semblent se poser sur leur tête, quand Ondine parle de leur royauté.

ONDINE

Pardon, Bertha!

BERTHA

Laissez-moi...

ONDINE

Ne répondez pas maintenant. Je n'ai plus besoin de réponse.

BERTHA

La pitié m'est plus dure que la lâcheté.

LE CHEVALIER

Nous ne vous abandonnerons pas, Bertha!

ONDINE

Je me mets à vos genoux, Bertha! Vous êtes née d'un pêcheur! Vous êtes désormais ma reine. Les ondins disent Altesse à Auguste.

LE CHEVALIER

Qu'allez-vous faire, maintenant, Bertha?

BERTHA

J'ai toujours fait ce que m'ordonnait ma condition...

ONDINE

Que je vous envie! Vous allez faire ce que font les filles de pêcheur!

LE CHEVALIER

N'insiste pas, Ondine.

ONDINE

J'insiste, Hans. Il faut faire comprendre à Bertha ce qu'elle est. Comprends-le toi aussi. Auguste est un grand roi dans un grand royaume. Quand Auguste fronce les sourcils, des milliards de truites frissonnent.

LE CHEVALIER

Où allez-vous, Bertha?

BERTHA

Où puis-je aller? Tous déjà se détournent.

ONDINE

Venez avec nous. Tu veux bien recevoir ma sœur, Hans? Car Bertha est ma sœur. Ma sœur aînée. Levez la tête, Bertha. Vous tenez votre dignité d'Eugénie. Eugénie est reine chez nous. Noble comme Eugénie, disent les chevesnes.

LE CHEVALIER

Nous ne voulons plus vivre à la cour, Bertha. Ondine a raison. Venez dès ce soir avec nous.

ONDINE

Pardon, Bertha. Excusez mes colères. J'oublie toujours que pour les hommes, ce qui a eu lieu ne peut plus ne pas avoir eu lieu. Comme il est difficile de vivre, chez vous, avec ces paroles qu'on n'a pourtant dites qu'une fois et qui ne peuvent se reprendre, ces gestes qui ont été faits pour toujours. Ce serait tellement plus profitable que les mots de haine des autres s'impriment sur vous en mots d'amour!... C'est ce qui arrive pour moi en tout ce qui vous concerne...

LE CHAMBELLAN *qui passe la tête.*

Le roi voudrait savoir si le pardon a été demandé.

ONDINE

Oui, à genoux.

LE CHEVALIER

Venez, Bertha, mon château est vaste. Vous y vivrez comme vous l'entendrez, seule, si vous voulez vivre seule, dans l'aile qui donne sur le lac.

ONDINE

Ah! Il y a un lac près de ton château? Alors, Bertha prendra l'autre aile.

LE CHEVALIER

L'aile sur le Rhin? A son aise.

ONDINE

Le Rhin? Le Rhin aussi borde ton château?

LE CHEVALIER

A l'est seulement. Au sud, il y a les cascades. Venez, Bertha.

ONDINE

O Hans, tu n'as pas un château sur des landes, sans étangs ni sources?

LE CHEVALIER

Allez, Bertha, je vous rejoins.

Le chevalier revient sur Ondine.

LE CHEVALIER

Pourquoi cette peur de l'eau? Qu'y a-t-il entre toi et l'eau?

ONDINE

Entre l'eau et moi, rien.

LE CHEVALIER

Si tu crois que je ne te vois pas. Tu ne me laisses plus approcher d'un ruisseau. Tu te mets entre la mer et moi. Si je m'assieds sur la margelle d'un puits, tu m'entraînes.

ONDINE

Prends garde à l'eau, Hans.

LE CHEVALIER

Oui, mon château est au milieu des eaux, et je prendrai le matin ma douche sous ma cascade, et je pêcherai à midi sur mon lac, et le soir je plongerai dans le Rhin. J'en connais chaque remous, chaque gouffre. Si l'eau compte me faire peur, elle se trompe. L'eau ne comprend rien, l'eau n'entend rien!

Il sort. Tous les jets d'eau autour de la salle s'élèvent subitement.

ONDINE

Elle l'a entendu!

Elle le suit.

LE CHAMBELLAN, à l'illusionniste.

Ah! bravo! Je grille de voir le dénouement. A quand la suite?

L'ILLUSIONNISTE

Sur l'heure, si vous voulez.

LE CHAMBELLAN

Mais quel est ce visage? J'ai des rides, maintenant! Je suis chauve!

L'ILLUSIONNISTE

Vous l'avez voulu. En une heure, dix ans ont passé.

LE CHAMBELLAN

J'ai un râtelier? Je bredouille?

L'ILLUSIONNISTE

Faut-il continuer, Excellence?

LE CHAMBELLAN

Non! non! Un entracte! Un entracte!

Rideau

ACTE TROISIÈME

La cour du château. Le matin du mariage de Bertha et du chevalier.

SCÈNE PREMIÈRE

BERTHA. HANS. DES SERVITEURS

UN SERVITEUR

La chorale déjà s'installe dans le chœur.

HANS

Qu'est-ce que tu dis?

UN AUTRE SERVITEUR

Il parle des chanteurs pour votre mariage.

HANS

Et toi, tu ne peux pas parler autrement? Tu n'as pas un langage plus simple?

UN SERVITEUR

Longue vie à Bertha! Vive la mariée!

HANS

Va-t'en!...

BERTHA

Pourquoi cette colère, Hans, en un pareil jour?

HANS

Comment? Toi aussi!

BERTHA

Je vais être ta femme et tu fais ce visage!

HANS

Toi aussi! Tu parles comme eux!

BERTHA

Que disaient-ils de si mal? Ils se réjouissaient de notre bonheur.

HANS

Répète ta phrase... Vite! Vite! Sans changer un mot!...

BERTHA

Que disaient-ils de si mal! Ils se réjouissaient de notre bonheur...

HANS

Enfin! Merci!

BERTHA

Tu m'effraies, Hans! Depuis quelques jours, tu m'effraies...

HANS

Toi qui sais tout des Wittenstein, apprends encore ceci : le jour où le malheur doit leur faire visite, les serviteurs se mettent sans raison à parler un langage solennel. Leurs phrases sont rythmées, leurs mots nobles. Tout ce que tes poètes se réservent en ce monde passe soudain aux lavandières, aux palefreniers. Les petites gens voient soudain ce qu'ils ne voient jamais, la courbe des fleuves, l'hexagone des rayons de miel. Ils pensent à la nature. Ils pensent à l'âme... Le soir, c'est le malheur.

BERTHA

Leurs phrases n'étaient pas des vers. Elles ne rimaient pas.

HANS

Quand les Wittenstein entendent tout d'un coup l'un d'eux parler avec des rimes, réciter un poème, c'est que la mort est là.

BERTHA

O Hans, c'est que dans les grandes heures l'oreille des Wittenstein ennoblit tous les sons. Mais cela vaut sûrement pour les fêtes comme pour les deuils!

HANS

Jusqu'aux gardeurs de porcs, paraît-il! Et nous allons bien voir. (*A un serviteur.*) Tu sais où est le gardeur de porcs, toi?

LE SERVITEUR

La colline d'ajoncs...

HANS

Ferme ta bouche... Va me chercher le gardien de porcs...

LE SERVITEUR

Sous un acacia...

HANS

Et cours!

BERTHA

O Hans, moi je remercie les servantes de m'avoir laissé ce matin tous leurs mots humbles pour te dire que je t'aime. Tu me tiens dans tes bras, Hans. Pourquoi ce visage? Que te manque-t-il en ce jour?

HANS

De m'être vengé, de l'avoir forcée, devant la ville réunie, à confesser son état et son crime.

BERTHA

Depuis six mois qu'Ondine a disparu, n'as-tu pu l'oublier? En tout cas, c'est le jour aujourd'hui pour l'oubli!

HANS

Moins que jamais. Si je t'offre aujourd'hui un fiancé méfiant, amoindri, humilié, c'est son exploit... Comme elle m'a menti!

BERTHA

Elle ne t'a pas menti. Tout autre que toi aurait deviné qu'elle n'était pas une des nôtres. Est-ce qu'elle s'est plainte une fois? Est-ce qu'une fois elle a dit non à ta volonté? Est-ce qu'une fois tu l'as vue colère, ou malade, ou impérieuse! A quoi donc reconnais-tu les vraies femmes!

HANS

A ce qu'elles trompent... Elle m'a trompé.

BERTHA

Toi seul ne voyais pas. Toi seul n'as pas remarqué qu'elle n'employait jamais le mot femme. Lui as-tu jamais entendu dire : on ne dit pas cela à une femme, on ne fait pas cela à une femme?... Non... Tout en elle disait : on ne dit pas cela à une ondine, on ne fait pas cela à une ondine.

HANS

Oublier Ondine, me le permet-elle! Ce cri par lequel j'ai été réveillé, le matin de sa fuite : je t'ai trompé avec Bertram!... est-ce qu'il ne s'élève pas encore tous les matins du fleuve, des sources, des puits!... Est-ce que le château et la ville n'en résonnent pas, par leurs fontaines et leurs aqueducs, à toutes les heures... Est-ce que l'ondine en bois de l'horloge ne le crie pas à midi? Pourquoi s'acharne-t-elle à proclamer au monde qu'elle m'a trompé avec Bertram!...

UN ÉCHO

Avec Bertram!

BERTHA

Soyons loyaux, Hans. Déjà nous l'avions trompée elle-même. Peut-être nous a-t-elle surpris, et elle s'est vengée.

HANS

Où est-elle? Que fait-elle? Tous mes chasseurs, tous mes pêcheurs sont en vain depuis six mois à sa poursuite. Et pourtant, elle n'est pas loin. On a trouvé à l'aube, sur la porte de la chapelle, ce bouquet d'étoiles de mer et d'oursins... Elle seule a pu le poser, par dérision...

BERTHA

Ne crois pas cela... Les aventurières ne s'acharnent point. Une fois dévoilée, elles disparaissent, elles replongent... Je pense que l'expression vaut aussi pour les ondines... Elle a replongé.

HANS

Je t'ai trompé avec Bertram!... Qui a parlé?

L'ÉCHO

Avec Bertram!

BERTHA

O Hans, nous payons ton erreur. Quoi donc a bien pu te séduire dans cette fille! Qui a bien pu te donner à croire que tu étais né pour les aventures! Toi, un chasseur de fées! Je te connais. Si tu veux être franc avec toi-même, avoue que ce qui faisait battre le plus fort ton cœur, dans les forêts hantées, c'était d'apercevoir quelque hutte abandonnée de bûcheron, d'y entrer en courbant la tête, d'y trouver, avec l'odeur de meubles moisis, quelque charbon mal éteint où rôtir une grive et allumer ta pipe... Et je te vois dans les palais dits d'enchanteurs... Je suis sûre que tu t'attardais à ouvrir les placards, à dépendre les robes, à te coiffer de vieux casques... Tu croyais chercher les esprits. Tu n'as jamais suivi que la piste humaine...

HANS

Je l'ai mal suivie.

BERTHA

Tu l'as perdue, mais tu l'as retrouvée. Cette nuit d'hiver où tu m'as dit que tu m'aimais encore et où j'ai fui, tu l'as retrouvée, au revers du vieux burg, quand tu as vu mes deux pas dans la neige. Ils étaient larges, profonds; ils avaient marqué toute ma fatigue, ma détresse, mon amour. Ce n'était pas ces empreintes à peine visibles d'Ondine, que tes chiens eux-mêmes ne voient pas et qui restent des sillages sur la terre ferme. C'était celles d'une femme enceinte de la vie humaine, enceinte de ton futur fils, celles de ta femme! Il n'y a pas eu d'empreintes de retour. Tu m'as rapportée dans tes bras.

HANS

Oui, comme Bertram a dû, elle, l'emporter... Que veux-tu, toi?

UN SERVITEUR

C'est le gardeur de porcs, Seigneur. Vous l'avez appelé.

HANS

Eh bien, approche, comment vont-ils, tes porcs?

LE GARDIEN DE PORCS

Mon sifflet est de saule et mon canif de buis!

HANS

Je te parle de tes porcs, de tes truies!

LE GARDIEN DE PORCS

Sous un acacia...

HANS

Tais-toi!

LE SERVITEUR

Méfiez-vous! Il est sourd!

LE GARDIEN DE PORCS

Dont l'ombre est...

HANS

Mets ta main devant sa bouche!

LE SERVITEUR

Il parle dans ma main. Il parle d'hexagone...

HANS, à un autre serviteur.

Faites taire celui-là aussi...

LE DEUXIÈME SERVITEUR, qui a mis aussi sa main devant la bouche du premier.

Je ne sais ce qu'ils ont! Ils parlent tous en vers!

HANS

Allez me chercher la fille de vaisselle. Entendez-vous! Nous verrons ce qu'elle dit, la fille de vaisselle!

SCÈNE DEUXIÈME

BERTHA. HANS. LES PÊCHEURS.

LE PREMIER PÊCHEUR

Monseigneur! Monseigneur!

HANS

Dis-le quatre fois et c'est un vers!

LE SECOND PÊCHEUR

Nous l'avons! Elle est prise!

HANS

Ondine est prise!

LE PREMIER PÊCHEUR

Dans le Rhin, pendant qu'elle chantait!

LE SECOND PÊCHEUR

Elle est comme les coqs de bruyère, on peut s'approcher quand elle chante!

HANS

C'est elle? Vous en êtes sûrs?

LE PREMIER PÊCHEUR

Sûrs et certains. Elle a rabattu ses cheveux sur son visage, mais sa voix est merveilleuse, sa peau est de velours, elle est faite à ravir : c'est elle le monstre!

LE SECOND PÊCHEUR

Les juges montent avec elle.

BERTHA

Quels juges?

LE PREMIER PÊCHEUR

Les juges d'évêché et d'empire, qui jugent des cas surnaturels. Ils étaient en tournée.

LE SECOND PÊCHEUR

Ils arrivaient de Bingen, prendre une serpentine.

BERTHA

Pourquoi tenir leurs assises au château? Le tribunal n'est-il pas libre?

LE PREMIER PÊCHEUR

Ils disent, Comtesse, que l'ondine se juge toujours sur une éminence!...

LE SECOND PÊCHEUR

Et à distance du fleuve, et encore qu'il faut

prendre garde, qu'elles peuvent le rejoindre sur le ventre comme l'anguille l'étang, et que d'ailleurs le chevalier est demandeur dans le procès.

HANS

Je le suis... Depuis six mois, j'attends pour l'être... Laisse-nous, Bertha.

BERTHA

Hans, ne revois pas Ondine!

HANS

Je ne vais pas revoir Ondine. Tu les entends... Je vais revoir une ondine, un être privé de vie humaine, de voix humaine, et qui ne me reconnaîtra même pas.

BERTHA

Hans, quand j'étais petite fille, j'ai été amoureuse d'un lynx. Il était imaginaire. Il n'était pas. Mais nous dormions ensemble. Nous avions des enfants. Or, maintenant encore, dans la ménagerie, je m'arrête en frissonnant devant la cage du lynx. Lui aussi m'a oubliée. Lui aussi a oublié que je le capuchonnais de pourpre, qu'il m'a sauvée des nains géants, que nos jumelles Genièvre et Berthelinge ont épousé le roi d'Asie. Il est là, dans son poil, sa barbe, son odeur. Mais mon cœur bat. Mais je me sentirais en faute si j'allais le voir en ce jour de noces...

UN SERVITEUR

Les juges, Seigneur.

HANS

Un moment, Bertha, et nous serons en paix.

SCÈNE TROISIÈME

HANS. LES JUGES. LA FOULE

LE PREMIER JUGE

A merveille!... Altitude moyenne. Nous sommes exactement au-dessus du règne de l'eau, au-dessous du règne de l'air.

LE SECOND JUGE

C'est sur une de ces buttes, bonnes gens, que se posa la nef, le déluge baissant, et que Noé eut justement à juger les monstres marins, dont les couples infernaux par les hublots avaient violé l'arche... Nos compliments, chevalier.

HANS

Vous arrivez à point.

LE PREMIER JUGE

Le fait que nous vivons dans le surnaturel nous donne des presciences inconnues de nos collègues du droit ou du braconnage...

LE SECOND JUGE

Notre mission aussi est plus dure.

LE PREMIER JUGE

Certes, il est plus aisé de juger du bornage entre les vignes de deux bourgeois que du bornage entre les hommes et les esprits, mais l'interrogatoire ici s'annonce facile... C'est la première fois où nous jugeons une ondine qui ne conteste point être ondine.

LE SECOND JUGE

Car il n'est pas de subterfuges que ces êtres n'utilisent pour échapper à notre enquête, chevalier. Et ils ne laissent point parfois de prendre notre science en défaut...

LE PREMIER JUGE

En effet. Ils l'ont prise avant-hier encore, mon cher collègue, dans cette affaire de Kreuznach, quand nous jugeâmes la prétendue Dorothée, la servante de l'échevin. Vous étiez assez d'avis que c'était une salamandre. Nous l'avons mise au bûcher, pour voir. Elle a grillé... C'était donc bien une ondine.

LE SECOND JUGE

Hier également, cher président, avec cette Gertrude, la rousse aux yeux vairons, qui servait la bière à Tübingen. Les bocks se remplissaient d'eux-mêmes, et, prodige qui ne comporte point de précédent, sans manchettes. Vous l'estimiez une ondine. Nous l'avons fait jeter sous l'eau, tenue par un fil d'acier. Elle s'est noyée. C'était donc bien une salamandre.

HANS

Ondine est montée avec vous?

LE PREMIER JUGE

Avant de l'introduire, chevalier, il nous serait précieux, puisque vous êtes demandeur, de savoir quel châtiment vous réclamez pour l'accusée?

HANS

Ce que je réclame? Je réclame ce que ces valets, ce que ces filles réclament! Je réclame le droit pour les hommes d'être un peu seuls sur cette terre. Ce n'est pourtant pas grand ce que Dieu leur a accordé, cette surface avec deux mètres de haut, entre ciel et enfer!... Ce n'est pourtant pas tellement attrayant, la vie humaine, avec ces mains qu'il faut laver, ces rhumes qu'il faut moucher, ces cheveux qui vous quittent!... Ce que je demande, c'est vivre sans sentir grouiller autour de nous, comme elles s'y acharnent, ces vies extra-humaines, ces harengs à corps de femme, ces vessies à tête d'enfant, ces lézards à lunettes et à cuisses de nymphe... Au matin de mon mariage, je demande à être, dans un monde vide de leurs visites, de leurs humeurs et de leurs accouplements, seul avec ma fiancée, enfin seul.

LE PREMIER JUGE

C'est là la suprême exigence.

LE SECOND JUGE

Evidemment. Cela peut nous paraître déconcertant qu'ils éprouvent leur plus grande joie à nous voir prendre nos bains de pieds, embrasser nos femmes ou nos bonnes, fesser nos enfants. Mais le fait est indéniable : autour de chaque geste humain, le plus bas, le plus noble, affublés à la hâte de carcasses ou de peaux en velours, le nez en grouin ou le derrière en dard de guêpe, comme si manger ou rendre un miracle, ils s'amassent et forment leur ronde...

HANS

N'y a-t-il donc pas eu une époque, un siècle qu'ils n'aient empesté?

LE PREMIER JUGE

Une époque? Un siècle? A ma connaissance, chevalier, il y a eu tout au plus, un jour, un seul jour. Un seul jour, j'ai senti le monde délivré de ces présences et de ces doubles infernaux. En août dernier, sur les côterelles, derrière Augsburg. C'était la moisson, et aucune ivraie ne doublait chaque épi, aucune nielle chaque bleuet. Je m'étais étendu sous un cormier, une pie au-dessus de moi, que ne doublait point un corbeau. Notre Souabe s'étendait jusqu'aux Alpes, verte et bleue, sans que je visse au-dessus d'elle la Souabe des airs peuplés d'anges à bec, ni au-dessous la Souabe d'enfer avec ses démones rouges. Sur la route, un lansquenet chevauchait, que n'accompagnait point le cavalier armé de faux. Sous les mais, les moissonneurs dansaient par couples auxquels ne s'entrelaçait point un tiers visqueux, à face de brochet. La roue du moulin tournait sur sa farine sans que la ceignît une roue immense dont les rayons battaient des damnés nus. Tout était voué au travail, aux cris, aux danses, et cependant je goûtais pour la première fois une solitude, la solitude humaine... Le cor de la diligence résonnait, sans que le doublât la trompette du Jugement... C'est le seul moment de ma vie, chevalier, où j'aie senti les esprits abandonner la terre aux hommes, où un appel inattendu les ait convoqués, vers d'autres retraites, d'autres planètes... C'était évidemment, si cela durait, la fin de notre carrière, mon cher collègue. Mais nous ne risquions rien! Soudain, en une seconde, le lansquenet fut rejoint par la mort, les couples se trouvèrent trois, des balais et des lances pendaient par les nuages... L'autre planète les avait déçus; ils revenaient. En une seconde, tous étaient revenus. Ils avaient tout quitté, comètes, firmaments, jeux du ciel, pour revenir me voir m'éponger et me moucher, avec un mouchoir à losanges... Voilà l'accusée! Qu'un garde la maintienne debout. Si elle se met sur le ventre, ce sera comme la femme anguille de dimanche, elle sera au Rhin avant nous...

SCÈNE QUATRIÈME

ONDINE. HANS. LES JUGES. LA FOULE

LE SECOND JUGE

Les mains ne sont point palmées. Elle a une bague.

HANS

Enlevez-la.

ONDINE

Jamais! Jamais!

HANS

C'est un anneau de mariage. J'en ai besoin dans l'heure.

LE JUGE

Chevalier...

HANS

Le collier aussi. Ce médaillon, qui contient mon portrait!

ONDINE

Laissez-moi le collier!

LE PREMIER JUGE

Chevalier, puis-je vous demander la conduite des débats? Votre indignation, toute justifiée soit-elle, risque d'y introduire la confusion... La procédure d'identification d'abord?...

HANS

C'est elle!

LE PREMIER JUGE

Oui, oui! Mais où est le pêcheur qui l'a prise? Que le pêcheur qui l'a prise approche!

ULRICH

C'est la première fois que j'en pêche une, monsieur le juge. Ah! Je suis bien heureux!

LE JUGE

Nous te félicitons. Que faisait-elle?

ULRICH

Je sentais que j'allais en prendre une! Depuis trente ans, je sentais que j'allais en prendre une. Mais ce matin, j'en étais sûr.

LE JUGE

Je te demande ce qu'elle faisait, mule!

ULRICH

Et je l'ai prise vivante! Celle de Regensbourg, on

l'avait assommée à coups d'aviron. Moi, je lui ai cogné juste la tête contre le bordage, pour l'étourdir.

HANS

C'est vrai, brute, le sang coule.

LE JUGE

Réponds donc aux questions! Elle nageait quand tu l'as prise?

ULRICH

Elle nageait, elle montrait sa gorge, ses fesses. Elle peut rester dix minutes sous l'eau, j'ai compté.

LE JUGE

Elle chantait?

ULRICH

Non. Elle a un petit aboiement, un peu rauque Elle jappe plutôt. Ce qu'elle jappait, je me le rappelle très bien. Elle jappait : je t'ai trompé avec Bertram.

LE JUGE

Tu déraisonnes. Tu comprends les jappements?

ULRICH

Jamais d'habitude. Un jappement est un jappement. Celui-là, oui.

LE JUGE

Elle sentait le soufre, quand tu l'as tirée?

ULRICH

Non. Elle sentait l'algue, l'aubépine.

LE SECOND JUGE

Ce n'est vraiment pas la même chose! Elle sentait l'algue ou l'aubépine?

ULRICH

Elle sentait l'algue, l'aubépine.

LE PREMIER JUGE

Passez, cher collègue.

ULRICH

Elle sentait une odeur qui disait : je t'ai trompé avec Bertram.

LE JUGE

Les odeurs te parlent, maintenant?

ULRICH

C'est vrai. Vous avez raison. Une odeur c'est une odeur. Mais celle-là parlait.

LE JUGE

Elle s'est débattue?

ULRICH

Au contraire! Elle se laissait prendre. Elle frémissait seulement! Un frémissement des reins qui voulait dire : je t'ai trompé avec Bertram!

HANS

Tu as fini de crier, imbécile!

LE JUGE

Excusez-le, chevalier. Il n'est pas étonnant qu'il divague. L'âme simple succombe à pareilles approches. Mais le témoignage d'un pêcheur professionnel est requis pour identifier le monstre aquatique... Il semble n'avoir aucun doute.

ULRICH

Je jure devant Dieu que c'en est une. Elle est tête et gorge comme celle de Nuremberg, qu'on élevait dans la piscine. On lui avait mis un phoque... Ils jouaient au ballon... Ils ont même eu des enfants... Je me demande si ce n'est pas la même... La prime est doublée pour les vivantes, n'est-ce pas?

LE PREMIER JUGE

Passe ce soir la toucher. Merci.

ULRICH

Et mon filet? Je peux reprendre mon filet?

LE PREMIER JUGE

Tu l'auras à la date prescrite. Le surlendemain des débats...

ULRICH

Ah mais non! Je le veux tout de suite. C'est un outil professionnel. J'ai à pêcher ce soir!...

LE SECOND JUGE

Très bien! Va-t'en! Il est confisqué. Il n'a pas la maille.

LE PREMIER JUGE

Achevez le constat, cher collègue.

HANS

Halte! Où allez-vous?

LE SECOND JUGE

Je suis aussi médecin, chevalier; je vais examiner le corps de cette fille.

HANS

Personne n'examinera Ondine.

LE PREMIER JUGE

Mon collègue est un praticien hors de pair, seigneur. C'est lui qui constata l'intégrité de l'électrice Josepha, pour l'annulation de son mariage, et elle a rendu hommage à son tact.

HANS

Je certifie que cette personne est Ondine, cela suffit.

LE SECOND JUGE

Seigneur, je comprends qu'il vous soit pénible de voir ausculter celle qui fut votre compagne, mais je puis, sans la toucher, étudier à la loupe les parts de son corps où s'amorcent les différenciations avec le corps humain.

HANS

Voyez-là à l'œil nu, et de votre place.

LE SECOND JUGE

Voir à l'œil nu le réseau des veinules trilobées qui dessine le serpent tentateur sous l'aisselle de l'ondine, me paraît opération assez impraticable. Ne pourrait-elle au moins marcher devant nous, enlever ce filet, écarter les jambes!

HANS

Ne bouge pas, Ondine!

LE PREMIER JUGE

Nous aurions mauvaise grâce à insister, et l'enquête en somme est suffisante. Est-il quelqu'un de vous, braves gens, qui conteste que cette femme fût une ondine?

GRETE

Elle était si bonne!

LE SECOND JUGE

C'était une bonne ondine, voilà tout...

LE GARDIEN DE PORCS

Elle nous aimait. Nous l'aimions!

LE SECOND JUGE

Il y a une variété affectueuse même du lézard...

LE PREMIER JUGE

Passons donc aux débats. Ainsi, vous, chevalier, quémandeur à titre d'époux et de maître, vous accusez cette fille d'avoir, par sa qualité et sa présence d'ondine, causé dans votre entourage mille perturbations?

HANS

Moi! Jamais!

LE PREMIER JUGE

Vous ne l'accusez pas d'avoir introduit chez vous le bizarre, le surnaturel, le démoniaque?

HANS

Ondine, démoniaque? Qui dit cette bêtise?

LE JUGE

Nous interrogeons, chevalier! Qu'y a-t-il d'anormal dans cette question?

LE ROI DES ONDINS, en homme du peuple.

Ondine démoniaque!

LE JUGE

Qui es-tu, toi?

ONDINE

Faites-le taire! Il ment!

LE SECOND JUGE

La parole est libre, en pareil procès.

LE ROI DES ONDINS

Ondine démoniaque! Cette ondine-là au contraire renie les ondines. Elle les a trahies. Elle pouvait garder leur force, leur science. Elle pouvait faire vingt fois par jour ce que vous appelez des miracles, pousser une trompe au cheval de son mari, rendre ailés ses chiens. A sa voix, le Rhin, le ciel pouvaient répondre, et donner des prodiges. Non, elle a accepté l'entorse, le rhume des foins, la cuisine au lard! Est-ce vrai, chevalier?

LE JUGE

Vous l'accusez donc, si je vous comprends bien, d'avoir revêtu hypocritement l'apparence la plus favorable et la plus flatteuse pour dérober les secrets humains?

HANS

Moi? Certes pas!...

LE ROI DES ONDINS

Vos secrets? Ah! Si quelqu'un s'en moquait des secrets humains, c'est bien elle. Evidemment, ils ont des trésors, les hommes : l'or, les bijoux, mais ce qu'Ondine préférait, c'était leurs objets les plus vils, son escabeau, sa cuiller... Ils ont le velours, la soie; elle préférait le pilou. Elle, sœur des éléments, les trompait bassement : elle aimait le feu à cause des chenets et des soufflets, l'eau à cause des brocs et des éviers, l'air à cause des draps qu'on pend entre les saules. Si tu as à écrire, greffier, écris ceci : c'est la femme la plus humaine qu'il y ait eu, justement parce qu'elle l'était par goût.

LE JUGE

Des témoins prétendent qu'elle s'enfermait des heures au verrou?...

LE ROI DES ONDINS

C'est exact, et qu'est-ce qu'elle faisait ta maîtresse, Grete, quand elle se verrouillait ainsi?

GRETE

Des gâteaux, monsieur le témoin.

LE SECOND JUGE

Des gâteaux?

GRETE

Elle a travaillé deux mois pour réussir la pâte brisée.

LE SECOND JUGE

C'est un des secrets humains les plus agréables... Mais, elle élevait des animaux, raconte-t-on, dans une cour inabordable...

LE GARDIEN DE PORCS

Oui, des lapins. J'apportais le trèfle.

GRETE

Et des poules. Elle leur arrachait elle-même la peau de la langue, dans la pépie.

LE SECOND JUGE

Ses chiens ne parlaient pas, ma petite, tu en es sûre, ses chats?

GRETE

Non. Moi, je leur parlais. J'aime parler aux chiens... Ils ne m'ont jamais répondu.

LE PREMIER JUGE

Témoin, merci. Nous tiendrons compte dans notre jugement de cette attitude. Que les succubes, incubes et autres visiteurs importuns, reconnaissent l'excellence de la condition et de l'ingéniosité humaines, qu'ils apprécient notre pâtisserie, notre rétamage, nos papiers gommés pour les eczémas et les blessures, nous ne pouvons vraiment le porter à leur charge.

LE SECOND JUGE

J'adore la pâte brisée, en ce qui me concerne. Elle a dû en user, du beurre, avant la réussite?

GRETE

Des mottes!

LE PREMIER JUGE

Silence... Et nous voilà au cœur de l'affaire. Je vous comprends enfin, chevalier. Femme, ce seigneur t'accuse d'avoir introduit dans son logis, au lieu de la femme aimante à laquelle il pouvait prétendre et que tu as quelque temps supplantée, un être uniquement adonné aux petits actes et aux agréments méprisables de la vie, un être égoïste et insensible...

HANS

Ondine, ne pas m'aimer? Qui ose le prétendre?

LE JUGE

Il est vraiment difficile de vous suivre, chevalier...

HANS

Ondine m'a aimé comme aucun homme n'a été aimé...

LE SECOND JUGE

En êtes-vous si sûr? Regardez-la : à vous entendre, elle tremble de peur.

HANS

De peur? Va voir cette peur avec ta loupe, juge! Elle ne tremble pas de peur. Elle tremble d'amour!... Oui, puisque c'est maintenant mon tour d'accuser, j'accuse. Prends ton écritoire, greffier! Mets ton bonnet, juge! On juge mieux, la tête tiède. J'accuse cette femme de trembler d'amour pour moi, de n'avoir que moi pour pensée, pour nourriture, pour Dieu. Je suis le dieu de cette femme, entendez-vous!

LE JUGE

Chevalier...

HANS

Vous en doutez! Quelle est ta seule pensée, Ondine?

ONDINE

Toi.

HANS

Quel est ton pain? Quel est ton vin? Quand tu présidais ma table, et que tu levais ta coupe, que buvais-tu?

ONDINE

Toi.

HANS

Quel est ton dieu?

ONDINE

Toi.

HANS

Vous l'entendez, juges! Elle pousse l'amour au blasphème.

LE JUGE

N'exagérons rien. Ne compliquez pas la cause : elle veut dire qu'elle vous révère.

HANS

Pas du tout. Je sais ce que je dis. J'ai des preuves. Tu t'agenouilles devant mon image, n'est-ce pas, Ondine? Tu baisais l'étoffe de mes vêtements! Tu faisais des prières en mon nom!

ONDINE

Oui.

HANS

Les saints, c'était moi. Les fêtes, c'était moi. Pour les Rameaux, qui voyais-tu, entrant dans Jérusalem sur son âne, les pieds traînant à terre?

ONDINE

Toi.

HANS

Au-dessus de moi, qu'agitaient toutes les femmes en criant mon nom? Ce n'était pas des palmes, qu'est-ce que c'était?

ONDINE

Toi.

LE JUGE

Mais où tout cela nous mène-t-il, chevalier! Nous avons à juger une ondine, et non pas l'amour.

HANS

C'est pourtant là le procès. Qu'il se range à cette barre, l'amour, avec son derrière enrubanné et son carquois. C'est lui l'accusé. J'accuse l'amour le plus vrai d'être ce qu'il y a de plus faux, l'amour le plus déchaîné d'être ce qu'il y a de plus vil, puisque cette femme, qui ne vivait que d'amour pour moi, m'a trompé avec Bertram!

L'ÉCHO

Avec Bertram!

LE PREMIER JUGE

Nous nageons dans l'incohérence, chevalier! Une femme qui vous aime à ce point ne peut vous avoir trompé.

HANS

Réponds, toi! M'as-tu trompé avec Bertram?

ONDINE

Oui.

HANS

Jure-le! Jure-le devant les juges!

ONDINE

Je jure que je t'ai trompé avec Bertram.

LE JUGE

Alors c'est qu'elle ne vous aime pas! Ses affirmations ne prouvent rien : vous lui laissez vraiment peu de jeu dans ses réponses. Mon cher collègue, vous qui réussîtes à prendre en défaut Geneviève de Brabant elle-même, quand elle assurait préférer sa biche à son époux, les naseaux de sa biche aux joues de son époux, posez à cette Ondine les trois questions prescrites... La première...

LE SECOND JUGE, désignant Hans.

Ondine, quand cet homme-là a couru, que fais-tu?

ONDINE

Je perds le souffle.

LE PREMIER JUGE

La seconde!...

LE SECOND JUGE

Quand il s'est cogné, pris le doigt.

ONDINE

Je saigne.

LE PREMIER JUGE

La troisième!...

LE SECOND JUGE

Quand il parle, quand il ronfle, dans son lit... Excusez-moi, Seigneur.

ONDINE

J'entends chanter.

LE SECOND JUGE

Aucune faille dans ses paroles. Elle semble sincère!... Et cet être qui est tout pour toi, tu l'as trompé?

ONDINE

Oui, je l'ai trompé avec Bertram...

LE ROI DES ONDINS

Ne crie pas si fort, j'ai entendu...

LE SECOND JUGE

Tu n'aimes que lui. Lui seul existe. Et tu l'as trompé?

ONDINE

Avec Bertram.

HANS

Voilà! Vous savez tout!

LE SECOND JUGE

Tu sais quel est le châtiment de la femme adultère? Tu sais que l'aveu, loin d'atténuer la faute, l'amplifie?

ONDINE

Oui, mais je l'ai trompé avec Bertram.

LE ROI DES ONDINS

C'est à moi que tu t'adresses, n'est-ce pas, Ondine? C'est moi que tu prends à partie. A ton aise! Mon interrogatoire sera plus serré que celui de tes juges. Où est Bertram, Ondine?

ONDINE

En Bourgogne. Je dois l'y rejoindre.

LE ROI DES ONDINS

Où as-tu trompé avec lui ton époux?

ONDINE

Dans une forêt.

LE ROI DES ONDINS

Le matin? Le soir?

ONDINE

A midi.

LE ROI DES ONDINS

Il faisait froid? Il faisait chaud?

ONDINE

Il gelait. Bertram a même dit : que la glace conserve notre amour!... On n'oublie pas ces paroles.

LE ROI DES ONDINS

Très bien... Amenez Bertram... De la confrontation naît toute la vérité.

LE JUGE

Bertram a disparu depuis six mois. La justice humaine n'a pu le retrouver.

LE ROI DES ONDINS

C'est qu'elle n'est vraiment pas forte... Le voilà!

Bertram surgit.

ONDINE

Bertram, mon bien-aimé!

LE JUGE

Vous êtes le comte Bertram?

BERTRAM

Oui.

LE JUGE

Cette femme affirme qu'elle a trompé avec vous le chevalier.

BERTRAM

Si elle le dit, c'est vrai.

LE JUGE

Où était-ce?

BERTRAM

Dans sa propre chambre, ici même.

LE JUGE

Le matin? Le soir?

BERTRAM

A minuit.

LE JUGE

Il faisait froid? Chaud?

BERTRAM

Les bûches brûlaient dans l'âtre. Ondine a même dit : Elle est chaude, l'approche de l'Enfer... On n'invente pas ces mots.

LE ROI DES ONDINS

Parfait. Tout est clair, maintenant.

ONDINE

Que trouves-tu parfait! Pourquoi douter de nos paroles? Si nos réponses ne s'accordent pas, c'est que nous nous sommes aimés sans retenue et sans scrupule, c'est que la passion nous a laissés sans mémoire... Seuls les faux coupables qui s'entendent répondent par les mêmes mots!

LE ROI DES ONDINS

Comte Bertram, allez prendre cette femme dans vos bras et l'embrasser...

BERTRAM

Je n'ai d'ordre à recevoir que d'elle.

LE PREMIER JUGE

Votre cœur ne vous donne pas l'ordre?

LE ROI DES ONDINS

Demande-lui de t'embrasser, Ondine. Et comment te croire, si tu ne le laisses t'embrasser!

ONDINE

A ton aise. Embrassez-moi, Bertram.

BERTRAM

Vous le voulez?

ONDINE

Je l'exige. Embrassez-moi!... Une seconde, une petite seconde!... Si, quand vous approchez, je sursaute, Bertram, je me débats, ce sera sans le vouloir. N'y faites pas attention.

LE ROI DES ONDINS

Nous attendons.

ONDINE

Ne puis-je avoir un manteau, une robe?

LE ROI DES ONDINS

Non. Garde tes bras nus.

ONDINE

Très bien. Tant mieux... J'adore quand Bertram m'embrasse en caressant mes épaules nues. Vous

vous souvenez de ce beau soir, Bertram!... Attendez!... Si je crie, quand vous me prendrez dans vos bras, Bertram, ce sont mes nerfs, c'est cette journée. Ne m'en veuillez pas... Il se peut très bien, d'ailleurs, que je ne crie pas...

LE ROI DES ONDINS

Décidez-vous.

ONDINE

Ou si je m'évanouis. Si je m'évanouis, vous pourrez m'embrasser comme vous voudrez, Bertram, comme vous voudrez!

LE ROI DES ONDINS

Il est temps.

BERTRAM

Ondine!

Il l'embrasse.

ONDINE, se débattant.

Hans! Hans!

LE ROI DES ONDINS

Et voilà la preuve, juges. Pour le chevalier et pour moi, le procès est fini.

ONDINE

Quelle preuve? *(Les juges se sont levés.)* Qu'as-tu? Que crois-tu? Que si je crie Hans, quand Bertram m'embrasse, cela prouve que je n'ai pas trompé Hans? Si je crie Hans à tout propos, c'est justement que je n'aime plus Hans! C'est que son nom s'évapore de moi! Quand je dis Hans, c'est cela que j'ai de moins de lui. Et comment n'aimerais-je pas Bertram? Regardez-le. Il a la taille de Hans! Il a le front de Hans!

LE SECOND JUGE

Le tribunal parle.

LE PREMIER JUGE

Chevalier, notre rôle semble terminé dans cette cause. Permettez que nous rendions notre jugement. Cette fille ondine a eu le tort de nous induire en erreur, de quitter sa nature. Mais il se révèle qu'elle n'apporta ici que bonté et amour.

LE SECOND JUGE

Un peu trop : si l'on se met à aimer ainsi dans la vie, ce n'est pas pour l'alléger...

LE PREMIER JUGE

Pourquoi elle voulut nous faire croire à sa liaison avec Bertram, c'est ce qui nous échappe, et que nous ne voulons rechercher, étant du domaine conjugal, et de votre réserve. La torture et le supplice public lui seront épargnés. Elle aura le col tranché cette nuit, sans témoins, et jusque-là nous désignons pour ses gardiens le bourreau, et cet homme, en remerciement pour son aide à notre justice.

Il désigne le roi des ondins.

LE SECOND JUGE

Et puisque le cortège nuptial attend devant la chapelle, permettez-nous de vous suivre et de vous apporter nos vœux!

La fille de vaisselle apparaît; elle est pour les uns la beauté même, pour les autres un souillon...

HANS

Qui est celle-là?

LE JUGE

Comment, chevalier?

HANS

Qui est celle-là, qui avance droit sur moi, comme une aveugle, comme une voyante?

LE JUGE

Nous l'ignorons.

UN SERVITEUR

C'est la fille de vaisselle, Seigneur; vous l'avez convoquée.

HANS

Qu'elle est belle!

LE PREMIER JUGE

Belle, cette nabote?

GRETE

Qu'elle est belle!

UN SERVITEUR

Belle? Elle a soixante ans!

LE JUGE

Précédez-nous, chevalier.

HANS

Non, non, il convient d'entendre d'abord la fille de vaisselle. Nous allons savoir par elle la fin de cette histoire... Nous t'écoutons, fille de vaisselle.

LE SECOND JUGE

Il est fou...

LE JUGE

Je le plains. Mais on perdrait la tête à moins...

LA FILLE DE VAISSELLE

Je suis la fille de vaisselle...
Mon corps est laid, mon âme est belle.

HANS

Cela rime, n'est-ce pas?

LE JUGE

Aucunement.

LA FILLE DE VAISSELLE

J'ai les offices les plus bas.
Ma gloire est repriser les bas...

HANS

Vous n'allez pas dire que ces vers ne riment pas!

LE JUGE

Ces vers? Les oreilles vous tintent. Où prenez-vous des vers?

LE GARDEUR DE PORCS

Si, ce sont bien des vers!

UN SERVITEUR

Pour tes cochons, oui! Pour nous, c'est de la prose.

LA FILLE DE VAISSELLE

Je vis de pain, de beurre rance
Mais de haut rang est ma souffrance.
Tout autant de sel dans mes pleurs
Que dans ceux de nos empereurs.

La fourbe du garçon d'étable
Autant que la reine m'accable
Le soir, lorsque le roi lui dit :
Je ne serai là qu'à midi.
Christ, me distingueras-tu d'elle,
Aux portes de ta citadelle
Puisque tu verras sur nos fronts
Même épine et mêmes affronts!
Tu nous confondras dans ta fête,
Posant couronne sur ma tête
Et disant : Ciel vous est ouvert,
Mes reines, qui avez souffert!...

HANS

C'est bien ce qu'on appelle un poème? C'est un poème?

LE PREMIER JUGE

Un poème! J'ai entendu une souillon qui se plaignait d'être accusée d'avoir volé un couvert d'argent.

LE SECOND JUGE

Et que les engelures de ses pieds saignassent dès novembre.

HANS

C'est une faux qu'elle tient au côté?

LE JUGE

Non. Une quenouille.

GRETE

Une faux, une faux en or!

UN SERVITEUR

Une quenouille.

LE GARDEUR DE PORCS

Une faux. Et bien affilée! Je m'y connais!

HANS

Merci, fille de vaisselle. Je serai au rendez-vous!... Venez, messieurs!

UN SERVITEUR

L'office commence, seigneur...

Tous sortent, moins Ondine, son oncle et le bourreau.

SCÈNE CINQUIÈME

ONDINE. LE ROI DES ONDINS qui d'un geste a changé le bourreau en statue de neige rouge.

LE ROI DES ONDINS

La fin approche, Ondine...

ONDINE

Ne le tue pas...

LE ROI DES ONDINS

Notre pacte le veut. Il t'a trompée.

ONDINE

Oui, il m'a trompée. Oui, j'ai voulu te faire croire que je l'avais trompé la première. Mais ne juge pas les sentiments des hommes avec nos mesures d'ondins. Souvent les hommes qui trompent aiment leurs femmes. Souvent ceux qui trompent sont les plus fidèles. Beaucoup trompent celles qu'ils aiment pour ne pas être orgueilleux, pour abdiquer, pour se sentir peu de chose près d'elles qui sont tout. Hans voulait faire de moi le lys du logis, la rose de la fidélité, celle qui a raison, celle qui ne faillit pas... Il était trop bon... Il m'a trompée.

LE ROI DES ONDINS

Te voilà presque femme, pauvre Ondine!

ONDINE

Il n'avait pas d'autre moyen... Moi, je n'en vois pas.

LE ROI DES ONDINS

Tu as toujours manqué d'imagination.

ONDINE

Souvent, le soir des kermesses, tu vois les maris rentrer le dos bas, des cadeaux dans les mains. Ils viennent de tromper. L'éclat des épouses rayonne.

LE ROI DES ONDINS

Il t'a donné le malheur...

ONDINE

Sûrement. Mais là encore nous sommes chez les humains. Que je sois malheureuse ne prouve pas que je ne sois pas heureuse. Tu n'y comprends rien : choisir dans cette terre couverte de beautés le seul point où l'on doive rencontrer la trahison, l'équivoque, le mensonge, et s'y ruer de toutes ses forces, c'est justement là le bonheur pour les hommes. On est remarqué si on ne le fait pas. Plus on souffre, plus on est heureux. Je suis heureuse. Je suis la plus heureuse.

LE ROI DES ONDINS

Il va mourir, Ondine.

ONDINE

Sauve-le.

LE ROI DES ONDINS

Que t'importe! Toi, tu n'en as plus que pour quelques minutes à avoir une mémoire humaine. Tes sœurs t'appelleront trois fois, et tu oublieras tout... Je veux bien t'accorder qu'il meure à la seconde même où tu oublieras. Cela fera assez humain. D'ailleurs, je n'ai même pas besoin de le tuer. Il est à fin de vie.

ONDINE

Il est si jeune, si fort!

LE ROI DES ONDINS

Il est à fin de vie. C'est toi qui l'as tué. Ondine, toi qui n'uses de métaphores que si elles parlent des chiens de mer, tu te rappelles ceux qui, un jour, en nageant, ont fait un effort. Ils traversaient sans peine l'Océan, en pleine tempête, et un jour, dans un beau golfe, sur une petite vague, un organe en eux s'est rompu. Tout l'acier de la mer était dans un ourlé de l'onde! Leurs yeux ont été huit jours plus pâles, leurs babines sont tombées... C'est qu'ils n'avaient rien, disaient-ils... C'est qu'ils mouraient... Ainsi chez les hommes. Ce n'est pas sur des chênes, des crimes, des monstres, que les bûcherons, les juges, les chevaliers errants font leur effort, mais sur une brindille d'osier, une innocence, une enfant qui aime... Il en a pour une heure...

ONDINE

J'ai cédé ma place à Bertha. Tout s'arrange pour lui.

LE ROI DES ONDINS

Crois-tu! Tout déjà tourne en sa tête. Il a dans le cerveau la musique de ceux qui vont mourir. Cette histoire de la fille de vaisselle sur le prix des œufs et du fromage, il l'a entendue résonnante. Il n'est pas près de Bertha, on l'attend en vain à l'église; il est près de son cheval... Son cheval lui parle : Maître chéri, adieu, lui dit son cheval, je te rejoins en dieu!... Car son cheval aujourd'hui lui parle en vers...

ONDINE

Je ne te crois pas. Ecoute ces chants! C'est son mariage.

LE ROI DES ONDINS

Il se moque bien du mariage!... Le mariage tout entier a glissé de lui comme l'anneau d'un doigt trop maigre. Il erre dans le château. Il se parle à lui-même. Il divague. C'est la façon qu'ont les hommes de s'en tirer, quand ils ont heurté une vérité, une simplicité, un trésor... Ils deviennent ce qu'ils appellent fous. Ils sont soudain logiques, ils n'abdiquent plus, ils n'épousent pas celle qu'ils n'aiment pas, ils ont le raisonnement des plantes, des eaux, de Dieu : ils sont fous.

ONDINE

Il me maudit!

LE ROI DES ONDINS

Il est fou... Il t'aime!

SCÈNE SIXIÈME

ONDINE. HANS

Il est venu derrière Ondine, comme Ondine était venue derrière lui, dans la cabane des pêcheurs.

HANS

Moi, on m'appelle Hans!

ONDINE

C'est un joli nom.

HANS

Ondine et Hans, c'est ce qui se fait de mieux comme noms au monde, n'est-ce pas?

ONDINE

Ou Hans et Ondine.

HANS

Oh non! Ondine d'abord! C'est le titre, Ondine... Cela va s'appeler Ondine, ce conte où j'apparais çà et là comme un grand niais, bête comme un homme. Il s'agit bien de moi dans cette histoire! J'ai aimé Ondine parce qu'elle le voulait, je l'ai trompée parce qu'il le fallait. J'étais né pour vivre entre mon écurie et ma meute... Non. J'ai été pris entre toute la nature et toute la destinée, comme un rat.

ONDINE

Pardonne-moi, Hans.

HANS

Pourquoi se trompent-elles toujours ainsi, qu'elles s'appellent Artémise, ou Cléopâtre, ou Ondine! Les hommes faits pour l'amour, ce sont les petits professeurs à gros nez, les rentiers gras avec des lippes, les juifs à lunettes : ceux-là ont le temps d'éprouver, de jouir, de souffrir... Non!... Elles fondent sur un pauvre général Antonius, sur un pauvre chevalier Hans, sur un misérable humain moyen... Et c'est fini pour lui désormais. Moi, je n'avais pas une minute dans la vie, avec la guerre, le pansage, le courre et le piégeage! Non, il a fallu y ajouter le feu dans les veines, le poison dans les yeux, les aromates et le fiel dans la bouche. Du ciel à l'enfer on m'a secoué, concassé, écorché! Sans compter que je ne suis pas doué pour voir le pittoresque de l'aventure... Ce n'est pas très juste.

ONDINE

Adieu, Hans.

HANS

Et voilà! Un jour, elles partent. Le jour où tout vous devient clair, le jour où vous voyez que vous n'avez jamais aimé qu'elles, que vous mourrez si une minute elles partaient, ce jour-là, elles partent. Le jour où vous les retrouvez, où tout est retrouvé pour toujours, ce jour-là, elles ne le manquent pas, leur nef appareille, leurs ailes s'ouvrent, leurs nageoires battent, elles vous disent adieu.

ONDINE

Je vais perdre la mémoire, Hans.

HANS

Et un vrai adieu, vous l'entendez! Les amants qui d'habitude se disent adieu, au seuil de la mort, sont destinés à se revoir sans arrêt, à se heurter sans fin dans la vie future, à se coudoyer sans répit, à se pénétrer sans répit, puisqu'ils seront des ombres dans le même domaine. Ils se quittent pour ne plus se quitter. Mais Ondine et moi partons chacun de notre bord pour l'éternité. A bâbord le néant, à tribord l'oubli... Il ne faut pas rater cela, Ondine... Voilà le premier adieu qui se soit dit en ce bas monde.

ONDINE

Tâche de vivre... Tu oublieras aussi.

HANS

Tâche de vivre! C'est facile à dire. Si cela seulement m'intéressait de vivre! Depuis que tu es partie, tout ce que mon corps faisait de lui-même, il faut que je le lui ordonne. Je ne vois que si je dis à mes yeux de voir. Je ne vois le gazon vert que si je dis à mes yeux de le voir vert. Si tu crois que c'est gai, le gazon noir!... C'est une intendance exténuante. J'ai à commander à cinq sens, à trente muscles, à mes os eux-mêmes. Un moment d'inattention, et j'oublierai d'entendre, de respirer... Il est mort parce que respirer l'embêtait, dira-t-on... Il est mort d'amour... Qu'es-tu venue me dire, Ondine? Pourquoi t'es-tu laissée reprendre?

ONDINE

Pour te dire que je serai ta veuve Ondine.

HANS

Ma veuve? En effet, j'y pensais. Je serai le premier des Wittenstein à n'avoir pas de veuve qui porte mon deuil et qui dise : « Il ne me voit pas, soyons belle... Il ne m'entend pas, parlons pour lui... » Il n'y aura qu'une Ondine, toujours la même, et qui m'aura oublié... Cela aussi n'est pas très juste...

ONDINE

Justement. Rassure-toi... J'ai pris mes précautions. Tu me reprochais parfois de ne pas varier mes allées et venues dans ta maison, de ne pas varier mes gestes, de marcher à pas comptés. C'est que j'avais prévu ce jour où il me faudrait, sans mémoire, redescendre au fond des eaux. Je dressais mon corps, je l'obligeais à un itinéraire immuable. Au fond du Rhin, même sans mémoire, il ne pourra que répéter les mouvements que j'avais près de toi. L'élan qui me portera de la grotte à la racine sera celui qui me portait de ma table à ma fenêtre, le geste qui me fera rouler un coquillage sur le sable sera celui par lequel je roulais la pâte de mes gâteaux... Je monterai au grenier... Je passerai la tête. Eternellement, il y aura une ondine bourgeoise parmi ces folles d'ondines. Oh! qu'as-tu?

HANS

Rien, j'oubliais.

ONDINE

Tu oubliais quoi?

HANS

De voir le ciel bleu... Continue!

ONDINE

Elles m'appelleront l'humaine. Parce que je ne plongerai plus la tête la première, mais que je descendrai des escaliers dans les eaux. Parce que je feuilletterai des livres dans les eaux. Parce que j'ouvrirai des fenêtres dans les eaux. Tout déjà se prépare. Tu n'as pas retrouvé mes lustres, ma pendule, mes meubles. C'est que je les ai fait jeter dans le fleuve. Ils y ont leur place, leur étage. Je n'ai plus l'habitude. Je les trouve instables, flottants... Mais ce soir, hélas, ils me paraîtront aussi fixes et sûrs que le sont pour moi les remous ou les courants. Je ne saurai au juste ce qu'ils veulent dire, mais je vivrai autour d'eux. Ce sera bien extraordinaire si je ne me sers pas d'eux, si je n'ai pas l'idée de m'asseoir dans le fauteuil, d'allumer le feu du Rhin aux candélabres. De me regarder dans les glaces... Parfois la pendule sonnera... Eternelle, j'écouterai l'heure... J'aurai notre chambre au fond des eaux.

HANS

Merci, Ondine.

ONDINE

Ainsi, séparés par l'oubli, la mort, les âges, les races, nous nous entendrons bien, nous nous serons fidèles.

LA PREMIÈRE VOIX

Ondine!

HANS

Ils te réclament!

ONDINE

Ils doivent m'appeler trois fois. Je n'oublierai qu'à la troisième... O mon petit Hans, laisse-moi profiter de ces dernières secondes, questionne-moi!

Ranime ces souvenirs, qui ne vont être tout à l'heure que cendres. Qu'as-tu? Tu es tout pâle...

HANS

On m'appelle aussi, Ondine; une grande pâleur, un grand froid m'appellent! Reprends cet anneau, sois ma vraie veuve au fond des eaux.

ONDINE

Vite! Questionne-moi!

HANS

Qu'as-tu dit, Ondine, le premier soir où je t'ai vue, quand tu ouvrais la porte dans l'orage?

ONDINE

J'ai dit : Comme il est beau.

HANS

Quand tu m'as surpris mangeant la truite au bleu?

ONDINE

J'ai dit : Comme il est bête...

HANS

Quand j'ai dit : Penses-y de loin!

ONDINE

J'ai dit : Nous nous rappellerons cette heure-là, plus tard... C'est l'heure où vous ne m'aurez pas embrassée.

HANS

Nous ne pouvons plus nous offrir ces plaisirs de l'attente, Ondine : embrasse-moi.

LA DEUXIÈME VOIX

Ondine!...

ONDINE

Questionne! Questionne encore! En moi déjà tout se trouble!

HANS

Il faut choisir, Ondine, m'embrasser ou parler.

ONDINE

Je me tais!

LE CHEVALIER

Voici la fille de vaisselle... Son corps est laid... Son âme est belle...

La fille de vaisselle est entrée. Il tombe mort.

ONDINE

Au secours! Au secours!

SCÈNE SEPTIÈME

ONDINE. BERTHA. UN SERVITEUR. GRETE.
Sur la dalle qui s'est soulevée Hans croise les mains en gisant.
LE ROI DES ONDINS

BERTHA

Qui appelle?

ONDINE

Hans n'est pas bien! Hans va mourir!

LA TROISIÈME VOIX

Ondine!

BERTHA

Tu l'as tué! C'est toi qui l'as tué?

ONDINE

J'ai tué qui?... De qui parlez-vous? Qui êtes-vous?

BERTHA

Tu ne me reconnais pas, Ondine?

ONDINE

Vous, Madame? Comme vous êtes belle!... Où suis-je!... Comment nager ici? Tout est ferme, ou tout est vide... C'est la terre?

LE ROI DES ONDINS

C'est la terre...

UNE ONDINE, la prenant par la main.

Quittons-la, Ondine. Vite!

ONDINE

Oh oui! quittons-la... Attends! Quel est ce beau jeune homme, sur ce lit... Qui est-il?

LE ROI DES ONDINS

Il s'appelle Hans.

ONDINE

Quel joli nom! Qu'a-t-il à ne pas bouger?

LE ROI DES ONDINS

Il est mort...

UNE AUTRE ONDINE survient.

C'est temps... Partons!

ONDINE

Qu'il me plaît!... On ne peut pas lui rendre la vie?

LE ROI DES ONDINS

Impossible!

ONDINE, se laissant entraîner.

Comme c'est dommage! Comme je l'aurais aimé!

Rideau

IMPRIMÉ EN FRANCE PAR BRODARD ET TAUPIN
7, bd Romain-Rolland - Montrouge - Usine de La Flèche.
LE LIVRE DE POCHE - 12, rue François-1er - Paris.
*

ISBN : 2 - 253 - 00977 - 6 30/1657/3